執着弁護士の愛が重すぎる

Kaoru & Tomoyasu

加地アヤメ

Ayame Kaji

エタニティ文庫

目次

執着弁護士の愛が重すぎる

1

ある日、姉が大きなスーツケースを引きずって実家に帰ってきた。

「お姉ちゃん……どうしたの？　その荷物」

最初に出迎えた私――一杉薫がポカンとしていると、姉の葵は無表情のまま私に視線を寄越す。

「私、離婚するから」

それだけ言い放つと、姉は私の横を通り過ぎ、家の中へと入って行った。

そしてこれが、我が一杉家にとって青天の霹靂とも言える出来事の始まりだった。

「旦那、私の出張中に浮気してたのよ。早めに切り上げて家に帰ってみたら、ベッドの上で若い女とよろしくやってた。私が帰ってくるなんて欠片も思ってなかったみたいでね、二人とも真っ裸で固まってたわ」

姉はリビングのテーブルで豪快に煎餅を食べながら、離婚を決意するに至った経緯を話し始めた。その様子を、祖母と母と私は呆然と見守る。

姉の葵は大手企業の営業職で、バリバリ働くキャリアウーマンだ。

義兄の孝治さんとは、仕事が縁で知り合い、付き合って三ヶ月というスピード結婚だった。

交際期間の短さに家族は心配したが、初めて挨拶に来た時の孝治さんは、すらっとして気さくで気遣いもできる素敵な男性で、家族の評価も高かった。

それに、結婚後もこれまで通り仕事を続けたいという姉の希望を尊重し、家事の分担などいろいろ協力してくれていると聞いていたので、てっきり上手くいっているんだと思っていた。

「葵、孝治さんと話は……」

「無理」

母がおずおず尋ねると、姉は食い気味に強い口調で断言した。

「結婚して二年も経っていないっていうのに、二人で使うベッドで別の女とセックスするような男、こっちから捨ててやるわ」

鼻息を荒くする姉に、これ以上何か言える者はいなかった。

いや、それ以前に、この場には「お前もか」という半ば諦めにも似た空気が流れ始めている。

というのも、我が一杉家の女性は、祖母といい母といい、男性との縁が薄いのだ。

「葵は大丈夫だと思ってたのにねえ……」

そう言って残念そうにお茶を飲む祖母は、母を出産後間もなく祖父と死別していた。

母は私を出産後、いつまでも定職に就かない父を見限り離婚している。以来、看護師の仕事をしながら女手ひとつで姉と私を育ててくれた。そんな母も、ヤレヤレとため息をつく。

「やっぱり葵も、私に似て男を見る目がなかったのかもねえ……。薫も最近、彼氏と別れたって言うし……」

ここで急に私の話が出てきて、ギクッとする。

「ちょっとお母さん。今は私のことよりお姉ちゃんの……」

「えっ‼ 薫、ついにあのヒモみたいな男と別れたの⁉ よかったじゃない。別れて正解よ。結局、あんたも男を見る目がないのね～」

異常に食いつきが速いと思ったら、案の定姉は私を見て嬉しそうにしている。これはきっと、私も仲間だと思って喜んでいるに違いない。

「付き合った頃はちゃんと働いてたから！ 無職になったのはその後よ……」

即座に反論したものの、虚しくなってやめた。

がっくりと項垂（うなだ）れている私の前で、煎餅（せんべい）を食べ終えた姉が立ち上がる。

「じゃ、元の私の部屋、使わせてもらうわね。それから薫、あんた毎週水曜日が休みって言ってたけど、それ今も変わってない？」

「うん。変わってないけど……」

私はサービス業に従事しており、ここ数年は毎週水曜日を休みと決めている。しかし何故今、そんなことを聞かれるのかと眉をひそめる。

「じゃあ次の水曜日、弁護士さんのとこ行くから空けておいて」

姉はそう言って、にっこりと微笑みかけてきた。

突然そんなことを言われた私は、つい真顔になる。

「は？　お姉ちゃん一人で行けばいいじゃない」

「え～、なんか一人で行くの、いやなんだもん。じゃ、よろしくね～」

「ちょっ……!!」

言いたいことだけ言うと、姉は私の反論を聞く前に、昔使っていた自分の部屋に行ってしまう。

「な、なんで私が……!!」

「まあまあ、いいじゃないの。葵も強がってはいるけど、きっとまだショックで心細いのよ。特に予定がないんだったら、一緒に行ってやって？」

「ええ……そうかなあ……？」

今の姉は、どちらかといえば何がなんでも自分の満足いく形で、離婚を成立させたいという気持ちの方が強いように見えるけど……

でも心配そうな母に頼まれてしまうと、なんとなくイヤとは言いにくい。

――仕方ないなあ、もう……

平穏な日常が一転しそうな予感に、私は大きなため息をつくのだった。

そして迎えた、次の水曜日。

私は姉と共に、予約を入れた法律事務所の入っているビルにやってきた。

二十八階建てのオフィスビルの中にあるというその法律事務所は、姉の同僚が紹介してくれたのだそうだ。

「ここの事務所には、いい弁護士さんがたくさんいるんですって。それに初回に限り、一時間無料で相談できるのがありがたいわよねー。あ、エレベーターあっちだわ」

トレンチコートの下はジャケットにタイトスカートという、かっちりした格好でエレベーターに向かう姉の後ろを、私はため息をつきながらついて行く。

戦闘モードの姉と違い、私はただの付き添いである。だから完全に気を抜いて、薄手のダウンジャケットにテーパードパンツというちょっと買い物に行くような格好で来てしまった。

——この格好で、大丈夫だったかな。

少しだけ後悔の気持ちが押し寄せてくるが、諦めてエレベーターに乗り込む。

エレベーターの中には、すでに一人の男性が乗っていた。スーツを着た背の高い男性は、このビルに勤務する人だろうか。

そんなことを考えていると、階数のボタンの前にいる男性がこちらを向いた。ぱちっと目の合った相手の顔が、ものすごいイケメンで、「おっ」と思う。

銀色の細いフレームの眼鏡がよく似合う、めったにお目にかかれないようなハンサムだ。

「何階ですか？」

「二十階です」

私より先に姉が答えてしまったので、私はにこっとして男性に頷いた。

すると、階数ボタンの前から男性の手が引っ込められる。

「一緒ですね」

——一緒……。

何気なく階数ボタンを見れば、点灯しているのは二十階だけだ。

ということは、この人も法律事務所に用事があるのかな？

私が黙っていると、横から姉の声が飛んできた。

「あの。もしかして赤塚・飯田法律事務所にお勤めの方ですか？」

「はい」

姉を見て小さく頷いた男性に、へえ、と思う。

――じゃあこの人、弁護士なのかな？　こんなにイケメンで弁護士なんて、さぞかしおモテになるんでしょうね……

私がぼーっとしながら話を聞いていると、「そうなんですか！」と姉が嬉しそうな声を上げた。

「あの、私達、これから事務所に伺うところなんです。でも初めてなので緊張してしまって……」

――緊張した様子など、まったくなかったけど？

「そうでしたか。ご予約のお名前をお伺いしても？」

じとっと姉を見てから男性の様子を窺うが、彼の表情はあまり変わらない。

「渡瀬です」

姉は現在、渡瀬葵という。

黙ったまま二人のやり取りを見守っていると、何故か男性が私を見る。

「お名前をお伺いしてもよろしいですか？」

「えっ……私ですか？　私はただの付き添いで……」

咄嗟のことにオロオロしていると、姉の助け船が入った。

「私の妹です。今日は付き添いで一緒に来てもらいました」

「なるほど、妹さんでしたか。ではご案内しますね」

タイミングよく二十階に着いたエレベーターのドアが開くと、男性はドアを手で押さえて私達を先に降ろしてくれた後、事務所に向かって歩き出した。

「こちらです」

そこは、【赤塚・飯田法律事務所】と看板が掲げられた綺麗なオフィス。

自動ドアを抜けてすぐに、ダークブラウンの受付カウンターが目に入った。その周辺にはいくつかのテーブルと、一人がけのソファーがランダムに置かれている。

事務所の中は、どこもかしこもピカピカで清潔感がすごい。

男性は受付の女性と一言二言、会話を交わすと、私達をすぐ近くのソファーに案内してくれた。

「すぐ準備いたしますので、こちらで少々お待ちください」

男性はそう言うと、フロアの奥へ歩いて行ってしまった。

彼が去った途端、それまで柔らかなソファーの座り心地を確かめていた姉が、急に体を起こして私にこそっと耳打ちしてくる。

「ねえ、すごいイケメンだったね、今の人」

その意見には同意しかないので、こっくりと頷く。

「うん。確かにイケメンだった。すごくモテそう」

先ほどの男性の顔を思い出してみる。キリッとした眉に切れ長の目。高くスッと伸びた鼻梁に薄く形のいい唇。かなり整った顔立ちに眼鏡というアイテムが、いい感じにインテリ度をプラスしている。それに加え、身長はおそらく百八十センチくらい。ほどよい肉づきでスーツがよく似合っていた。

確かに彼は、身近にはなかなかいないだろう相当のイケメンだった。

姉はソファーの背に凭れて、はぁ〜、とため息をつく。

「絶対モテるでしょ。あんだけ色気振りまいてんだもん。あれは、何人も女泣かせてるわよ、絶対」

浮気されたばかりだからなのか、姉の男性に対する思考は、どうも捻くれた方向に偏りがちだ。

「いや、そうとは言い切れないでしょ。一人の女性を大事にしてるかもしれないじゃん……」

「けっ。男なんて信じられるか」

そう言って姉が口を尖らせていると、さっきの男性が戻ってきた。

「お待たせいたしました、こちらへどうぞ」

「あっ、はーい!!」

姉が元気よく返事をして立ち上がったので、私も慌ててソファーから腰を上げる。

これから離婚についての相談をするというのに、姉のテンションがやけに明るいのが気になった。

「お姉ちゃん大丈夫？　冷静に話せる……？」

何故かこっちが不安になってしまい、こそっと姉に耳打ちする。

「大丈夫よ！　やっと離婚の話を進められると思ったら、嬉しくって。なんとしてでも、あいつから慰謝料ふんだくらないと！」

鼻息を荒くする姉に一抹の不安を感じながら、私達は男性の案内してくれた部屋へと移動した。

その部屋はさながら小さな会議室のようで、部屋の中央に大きな机があり、それを囲むように椅子が数脚置かれている。

私が部屋の中を見回していると、男性が姉に名刺を差し出した。

「この度、担当させていただくことになりました、真家（しんけ）と申します。どうぞよろしく」

男性は私にも名刺をくれた。そこにはこの事務所の名前と、【弁護士　真家友恭（ともやす）】という彼の名が記されている。

――しんけ、ともやす……

まさかこの男性が担当してくれるとは思っていなかった私達は、虚を衝かれたように固まる。

「え、あの、あなたが担当を……？」

「はい。エレベーターでお会いしたのも何かの縁ということで。どうぞ、お掛けになってください」

まだ動揺が収まらない中、私と姉は勧められるままちょこんと席に着いた。それを見届けてから席に着いた真家さんは、あらかじめ用意してきた数枚の書類を机の上に並べる。

「離婚に関するご相談と伺っておりますが、間違いありませんか？」

「ありません」

「では、具体的なご相談内容をお聞きしてもよろしいですか？」

「はい、っていうか、聞いてください……!!」

急にスイッチが入ったように姉が喋り出した。家族には大丈夫だと言っていたけど、やっぱり溜まりに溜まった不安や不満があったのだろう。

私は黙って姉を見守った。

姉は今回の義兄の不貞行為だけに留まらず、結婚してからずっと疑っていた義兄の怪しい行動など、これまで知らされていなかった事実までも洗いざらい話した。

飲み会や出張がやたら多く、入浴時もスマホをビニールケースに入れ肌身離さないこと。何より、一番不審に思ったのが、夫婦の営みが分かりやすく減ったこと。

姉がそれを話し出した瞬間、さすがにギョッとした。が、真家さんは特に表情を変えることもなく、真剣に姉の話に耳を傾けている。

義兄（あに）に疑念を抱（いだ）き始めた姉は、興信所に調査を依頼したのだそうだ。

「調査の結果、私と結婚する前から一人の女性と関係を続けていることが分かったんです。相手は彼と同じ職場の、年下の女性だそうです」

初めて知る事実に、隣で話を聞いている私も衝撃を隠せない。

――お義兄（にい）さん、マジか……！

「調査の結果が出て、彼との今後をどうしようか考えている時に、今回の出来事がありまして。それが離婚を決める決定打になりました。あの人と別れられるならなんでもします。私にできることって、何かありますか？」

身を乗り出す姉に、真家さんはやや苦笑いだ。

「そうですね、何かお願いしたいことがあれば、すぐにご連絡します。なので、それまではお待ちいただけたら」

「そうですか……でも一日も早く離婚できるのなら、本当になんでもしますので。あ、そうだ。相手の写真が必要でしたら仰（おっしゃ）ってください。私の手元にいくつかありますので。

あと社員旅行の時もちょっと怪しかったんですよね……」

徐々にヒートアップする姉の話は一向に終わる気配がなく、このままいくと無料相談時間の六十分など、あっさり超えてしまいそうだ……

時計を気にしてソワソワしていたら、四十分を過ぎた辺りで、真家さんが姉にストップをかける。

「それで、旦那様は離婚に関してなんと仰っているんですか？」

「それが……離婚はしない、としか言わないんです。離婚届を突き付けても判子を押してくれなくて……。でも、私もう、彼と一緒に生活するのは生理的に無理なんです」

困り果てたようにため息をつく姉に、真家さんが頷いた。

「分かりました。では、なるべく調停には持ち込まず、協議でまとまるよう、交渉させていただきます」

「ぜひ、よろしくお願いします……!!」

姉に倣って私も一緒に頭を下げると、真家さんは何故か私を見てにっこりと微笑んだ。

――？　なんでこっち見て……？

それから彼は今後のことを具体的に姉に説明する。これはどういう契約で、料金の相場は慰謝料の何パーセントが目安になるのか。それと慰謝料を相手に請求するまでの流れなどを説明した後、離婚に関するアドバイスや、姉からの質問に答えたところで相談の時間を終えた。

提案された協議離婚の方針に納得した様子の姉は、来た時よりもかなり表情が明るくなっている。

「いろいろ悩んでたんですけど、全部話したらスッキリしました。相談しに来てよかったです」

席を立ちながら姉が真家さんに声をかけると、彼は「それは何よりです」と微笑んだ。

すっかり頬を緩ませていた姉が、突然思い出したように声を上げた。

「すみません。お手洗いをお借りしてもよろしいですか」

「はい、どうぞ。この部屋を出て右に……」

「ごめん、薫。ちょっと待ってて」

「うん」

姉を案内するため、真家さんも部屋から出て行ってしまったので、一人残された私は、ホッとしつつお茶を啜る。

――とりあえず、なんとかなりそうでよかった。

それにしても、義兄がずっと浮気をしていたのには驚いた。

結婚前から、あんなに姉と仲良くしていたのに、実は他の女の人とも上手くやっていたなんて。

これじゃあ、うちの女は男を見る目がないってしきりに言う母達の言葉を、信じざるをえないではないか。

――やっぱり私も、男を見る目がないのかな……

多分に思い当たることがあるだけに、とほほ……と項垂(うなだ)れていると、真家さんだけが戻ってきた。

彼は私と視線を合わせるとニコッと微笑んでくる。

「お茶、新しくお持ちしましょうか？」

湯呑みを手にしたままでいたので、気を使ってくれたのだろうか。

「あ、いえ。結構です。もう帰りますし……」

慌てて湯呑みをテーブルに置き、荷物を持って立ち上がる。そんな私に、何故か真家さんはずっと視線を送り続けていた。

「妹さんは、何かお困りのことはありませんか？　私でよければいつでも相談に乗りますよ」

「私……ですか？　いえ、今のところは特に……」

「そうですか。では、もし何か困ったことがあったら、遠慮なくご相談ください。お渡しした名刺にある番号に、直接電話してくださって構いませんので」

「ありがとうございます、では……」

私が彼の前を通り過ぎて部屋を出ようとすると、いきなり後ろから「薫さん」と名前を呼ばれた。

「……え？」

振り返ると、真家さんは微笑んだまま口を開いた。

「すみません。さっきお姉様がそう呼んでいたのが聞こえまして。お名前で呼んでもよろしいですか？」

そういえば、さっき姉に名前で呼ばれたことを思い出し、深く考えずに頷いた。

「はい」

「では、少し立ち入ったことを伺いますが……薫さんの名字は？」

「一杉です。漢数字の一に杉の木の杉で」

「独身ですか？」

「はい」

「お付き合いされている方は？」

「いません」

テンポよく投げられる質問にホイホイッと返事をしていた私は、そこで、あれ？　と思う。

——姉の離婚問題とこの質問に、一体なんの関係が……？

素直に答えはしたものの、じわじわと疑念を抱き始める私を見て、真家さんがクスッと笑う。

「すみません、個人的に気になっていたもので」

「個人的に……？」

それはどういうことでしょう？　と聞こうとしたら、姉が戻ってきた。

「薫、お待たせ。帰ろうか」

「あ、うん……」

「では、エントランスまでご一緒します」

真家さんは、さっきの言葉については何も語らず、私達を先導する形で部屋を出て行く。

なんだかよく分からないまま、私は真家さんと姉の後ろを歩いた。

質問の意味が気にならないわけではないが、真家さんはずっと姉と話しているので、尋ねる雰囲気でもない。

――私が気にしすぎなのかな？

「今日はありがとうございました。これから、どうぞよろしくお願いいたします」

エントランスで立ち止まると、離婚に向けて、何卒よろしくという気持ちを込めて、姉と私は真家さんに一礼する。

「はい。近いうちに、状況についてご連絡いたします。それと……」

何故か真家さんが私を見る。

「妹さんも、また」

「え？」

――なんで私？

不思議に思って真家さんを見る。だけど彼は、その整った顔で優しく微笑むだけ。

「じゃ、帰ろっか」

「う、うん……」

どこか意味ありげな彼の微笑みに後ろ髪を引かれつつ、私達は法律事務所を後にした。

真家さんと別れて数メートルほど歩いたところで、姉が口を開いた。

「ねえ、真家さん、さっき薫にまた、って言ってたけど、なんか相談でもしたの？」

「……してない。っていうか、なんでまたとか言われたのか、全然分かんないんだけど……」

首を傾げる私に対して、姉は特に気にした様子もなく、「まあいいや」と話を終わらせた。

「でも真家さんって、すごく頼りになりそうじゃない？　イケメンなのはさておき、全身からできる男のオーラがこれでもかって漂ってたし！　あの人にお願いできてよかったかも」

「うーん、まあ、そうだね……」

姉の言う通り、真家さんは口調が柔らかく表情も柔和で、この人なら安心して任せられるという雰囲気があった。また、こちらの質問に対する答えは的確で分かりやすく、今後の方針についても完璧だった。

姉も同じように感じたのか、今はだいぶ表情も和らぎ、気持ちが落ち着いているのが見て取れる。

──なんだかんだで、当事者のメンタルが一番心配だし。納得できたなら、それが一番だよね。

姉の様子にホッと胸を撫で下ろした私は、真家さんに言われた言葉など、すっかり忘れていたのだった。

それから数日後。

「お待たせいたしました。アイスカフェラテとフルーツサンドです。ご注文の品は以上でお揃いでしょうか」

「はい」

「では、ごゆっくりどうぞ」

ここはテナントビルの一階にあるカフェ。清潔感のある白を基調とした店内で、ランチタイムは主婦やご年配の方、夕方からは学生や仕事帰りのＯＬやビジネスマンでいつも賑わっている。

フロアからキッチンに戻ると、同僚で私と同じ正社員でもある小島芙美さんが、スッと近寄ってきた。

「今日はお天気もいいし、お客さんの入りも多そうですね」

「そうだね。ランチが忙しくなりそう」

軽く言葉を交わした後、私はすぐにエスプレッソマシンで、エスプレッソを抽出し始める。

そして、カップに入ったエスプレッソに、ミルクピッチャーで上からスチームミルクを注ぎ入れ、慣れた仕草でハートのラテアートを完成させた。

——よし、綺麗にできた。

カップの中央に浮かぶ形のいいハートを見て、自然と頬が緩む。

私は、このカフェでバリスタとして働いている。

店で出しているコーヒーは、社長自らが海外で買い付けてきたこだわりの豆を、店内で焙煎し、挽き立てを提供している。

社長の確かな目で選ばれた豆で淹れたコーヒーは、文句なく美味しい。この辺りでは、美味(おい)しいコーヒーが飲める店と評判のカフェなのである。

ちなみにコーヒーだけでなく、調理担当スタッフが腕によりをかけて作る日替わりランチやデザートも好評で、土日祝日は休憩に入れないほど賑(にぎ)わいを見せる人気店なのだ。

でも今日は平日なので、ランチ前に休憩に入る余裕がある。

「休憩入ります」

「はーい」

私は小島さんに声をかけてから、バックヤードにある休憩室で短い休憩を取る。

軽くお菓子を摘(つ)まんで忙しくなるであろうランチタイムに備えていると、小島さんが血相を変えて休憩室にやってきた。

「薫さん休憩中にすみません。今いらしたお客様が、『こちらに一杉薫さんはいらっしゃいますか』って……」

店に知人が訪ねてくることは別に珍しいことではない。なのに、小島さんのこの動揺ぶりは、なんだろう。

「はーい、行きます。っていうか……小島さん、何かあった……？」

不思議に思って尋ねると、小島さんが興奮した様子で首を縦に振った。

「いや、それが……そのお客様が、すっごい迫力イケメンだったから、緊張しちゃって」

「……えっ？」

――迫力イケメン……そんな人、知り合いにいたっけ？

内心で首を傾げながら、小島さんと一緒に店に戻る。彼女が「あの方です」と手で示した先に見えたのは、まさかの真家さんだった。

――え？　なんで、あの人が……

真家さんは窓側の席で書類に目を通しつつ、ショートサイズのドリンクを飲んでいた。その姿を呆然と見つめていると、私の異変を感じ取った小島さんに背中を叩かれる。

「薫さん大丈夫ですか？　もしかして、取り次がない方がよかった……？」

神妙な顔でこちらを窺ってくる小島さんにハッとして、私は首を横に振った。

「ううん！　大丈夫！　家族のことでお世話になっている人なの。ご挨拶してきます」

カウンターからフロアに移動した私は、少し緊張しながら真家さんのもとへ行く。すると、すぐに私の姿に気がついた彼が、書類をテーブルに置いて立ち上がった。

「薫さん。すみません、お仕事中にお呼び立てしてしまって」

にっこりと微笑む真家さんにつられ、私も無理矢理笑みを作る。

「いえ、でも……びっくりしました。私、真家さんに勤務先は教えていなかったと思うのですが……」

――だよね。私、あの時、職場は聞かれてないよね？

怪訝な顔をする私に、真家さんがフッと笑った。

「先日、あなた方がいらしたうちのオフィスは、ここから五分とかかりません。この辺りでは、この店は美味しいコーヒーが飲めると有名ですからね。私も一度、来たことがありまして」

「えっ……でも私、真家さんにお会いした記憶がなくて」

こんなに目立つ人、一度でも接客すれば絶対忘れない。なのに、私には接客した覚えがまるでない。これは一体どういうことだ。

「ああ、すみません。直接あなたに応対していただいたわけではないんです。その時は事務所の者と来て。コーヒーを十杯テイクアウトでお願いした時も、あなたは連れの接客をしていました」

「コーヒーを十杯テイクアウトで……」

そういえば少し前、ビジネスマン風のスーツを着た男性が二人来店して、コーヒーを十杯全てテイクアウトでという注文を受けた。

私がコーヒーを淹れて、もう一人のスタッフが袋にセットしてお客様に手渡していたが、一杯だけは手で持って行くと言われて、私が男性にコーヒーを手渡した。

それはちゃんと覚えている。

だけど、一緒に来たという真家さんのことは、まったく記憶にない。

「すみません、確かにそうしたお客様がいらしたのは覚えているのですが、それが真家さんだとは……」

申し訳ない気持ちで頭を下げると、真家さんが慌てて手を振った。

「いえ、あなたは忙しくしてらしたので、覚えていないのも無理はありません。私は、なんというか、一度見た人の顔は忘れないタイプでして。なので、エレベーターで会った時に、すぐ分かりました。この店の方だと」

あの日、やたらと真家さんが私を見ていると思ったのは、そういうことだったのか、とようやく納得がいった。帰り際の「また」も、この店で会うことを想定して言ったのだろう。

気になっていたことがすっきりして、やっと心の底から笑顔になれた。

「なんだ……あの場で言ってくだされればよかったのに。ご来店ありがとうございます」

私が一礼すると、真家さんの表情がふっと緩み、私を見つめて目を細める。

「その笑顔が見たかったんです」

――ん？　今のは、どういう意味だ？

気になったけど、真家さんはそれ以上何か言うことはなかったので、敢えて尋ねるのはやめた。

「あっ、と……あの……今日は……どなたかと待ち合わせですか……？」

喉から言葉をひねり出すと、真家さんは「いえ」と言ってテーブルの上のコーヒーに視線を落とした。

「今日は、薫さんにご挨拶に伺いました。お姉様の件もありますし」

姉の件だと言われ、慌てて姿勢を正す。

「わざわざすみません。姉のこと……どうかよろしくお願いします」

「はい。あれからお姉様の様子はいかがですか？」

姉のことを心配して来てくれたんだ。そう思ったら、胸の辺りがじんわりと温かくなる。

仕事だからだとは思うけど、家族を気に掛けてもらえるのはやっぱり嬉しい。

「そうですね……真家さんに相談してから、いつもの姉に戻ったような気がします。きっと、離婚に関する不安がなくなって、前向きになれたんじゃないかと……」

「そうですか、それならよかった。相手方とはすでに連絡を取り合っていますので、近日中にお姉様にも状況をご連絡いたします」

「はい、姉に伝えておきます」

落ち着いた口調で話す真家さんに安心しきっていると、テーブルの上のスマートフォンから着信音が聞こえてきた。

素早くそれを手に取りチェックした彼は、机の上の書類を鞄にしまい始める。

「戻れと連絡がありましたので、これで失礼します」

「はい。あ、じゃあ出口までお見送りします」

鞄とコーヒーカップを手に歩き出した真家さんは、ふと立ち止まり私を振り返った。

「この前と立場が逆ですね」

そう言って微笑む真家さんの整った顔に、ついドキッとしてしまった。

——うっ……イケメンなのは知ってたけど、至近距離で微笑まれるとすごい威力……！

「そう……ですね」

思わず目を瞬かせる私をじっと見ていた真家さんが、出入り口に向かって歩き出したので、それについて行った。

外に出て、私は改めて真家さんに深々と頭を下げる。

「今日はお越しいただき、ありがとうございました。姉の件も、引き続きよろしくお願いします」

「こちらこそ、美味しいコーヒーをご馳走様です。お姉様の件も承知いたしました——それで、薫さん。この前お伺いした件ですけど」

うちの店のショートサイズのコーヒーを手にしながら、真家さんが微笑む。

「この前の件？　なんでしょう……」

なんか言われたっけ？　とこの前のやり取りを思い出していると、私が思い出すより先に真家さんが口を開いた。

「今、お付き合いしている人はいないと仰ってましたが、今も変わりないですか？」

「……変わり、ないですけど……」

たった数日で、そうそう状況など変わらないと思うのだが。

不思議に思いながら答えると、真家さんがじっと私を見つめてくる。

「では、私と付き合っていただけませんか」

――……うん？

「あの……気のせいかな、付き合ってくれみたいなこと言われたような……」

「言いました」

真家さんが表情を変えずに、サラリと頷く。それにものすごい衝撃を受けた。

たぶん今の私は、幽霊でも見たんじゃないかっていうような、すごい顔をしていると思う。

「……じょ、冗談、ですよね」

「いえ、本気です」

きっぱりと言い切る真家さんを見つめたまま、私の頭は激しく混乱した。

なんで自分がこんなことを言われているのか、状況がさっぱり理解できない。

――な、何を言っているの、この人は……？

いくら店に来たことがあるからって、ちょっと言葉を交わしただけの私と付き合おうなんて……弁護士さんだけどアホなの？

それとも頭のいい人は、一般人とは考え方や価値観がズレてるってこと？

「ま……すます意味が分からないのですが」

「私と交際しませんか、ということです」

真面目に返されるが、もちろん私はボケたわけじゃない。だから、冗談か本気か分からない真家さんの言動に苛ついた。

「言葉の意味は理解しています、意味は。でも、そうじゃなくて！　……な、なんで、私なのかっていう……」

「私があなたに、女性としての魅力を感じているからです。もっと分かりやすく言うと、惚れました」

「惚れ……っ⁉　真家さんが、私に⁉」

ますます信じられなくて言葉を失っていると、ずっと私を見つめていた真家さんが、腕時計に目を遣った。

「ああ、すみません。もう行かなくてはならないので、今日のところはこれで失礼します。返事は次に会った時で構いませんので、考えておいてください。では」

真家さんは軽く頭を下げると、私に向かってにこっと笑う。咄嗟にリアクションができずにいる私に背を向け、彼は颯爽と歩いて行ってしまった。

「へっ……ちょ、か、考えておいてくれって……」

——本気⁉

だんだんと小さくなる真家さんの背中を、私はただ呆然と見送ることしかできなかった。

真家さんからの告白という衝撃に動揺しつつ、なんとか仕事を終えた私。自宅に戻ったら、ダイニングテーブルでビールを飲みながら姉が管を巻いていた。

「くっそー、あの野郎。早く判子押せっつーんだよ‼」

帰宅したばかりなのか、きっちりした格好のままの姉がビールの缶を握りしめて吠えている。

そんな姉を横目で見ながら、そっとテーブルに着いた。

「どうしたの、昨日まで落ち着いてたのに。何かあった？」

真家さんも、すでに義兄と連絡を取り合っていて、近日中に連絡するって言ってたのに……

「それがねえ、孝治さんったら離婚したくないって弁護士さんから逃げ回ってるんだって。電話に出ないって、さっき弁護士さんから連絡が来てねー」

――なるほど。それでこの有様か……

祖母が、姉を見てため息をつきつつ、私にお味噌汁を手渡してくれる。

我が家は母が現役の看護師で病院に勤務しているため、食事などは基本的に祖母が作っていた。もちろん、母が休みの時は母が作るし、私も休みの時はなるべく作るようにしている。

そうして一杉家は、これまで家族で協力し合って生活してきたのだ。

だけど、そんな家族にすら言えない。その弁護士さんに今日、告られたなんて。

「そっ、そうなんだ……お義兄さん、なんでそんなに離婚したくないんだろうね？」

弁護士さん、という言葉に動揺してしまい、若干声が上擦る。だけど祖母も姉も、私の異変には気づいていないようだった。

「あいつのことだから絶対世間体が悪いとか、そんな理由で離婚したくないだけよ。まだ結婚して二年も経ってないのに、親や親戚になんて言えばいいんだって、私が離婚だって言ったらそればっかりだったもの」

「浮気したのは自分なのにねぇ……」

なんとも自分勝手なお義兄さんには、がっかりである。

「でも、そんなクソ野郎が相手でも、真家さんがどうにかしますって言ってくれたの。それだけが救いよ。ほんと、あの人にお願いできてよかったわー」

祖母が漬けたお漬物をポリポリと囓りながら、姉がフー、と息をついた。

「そっか……真家さんなら、きっとなんとかしてくれるよ……」

姉にはそう声をかけたけれど、私が内心で思っていたのは違うこと。

――離婚問題はなんとかしてくれるだろうけど、私の方の問題はどうなるんだろう。

そのことが気になってしまい、せっかく祖母が作ってくれた食事も、あまり食べた気がしなかった。

そして、その翌日。

朝一番で、かの人がカフェに現れた。

私が勤務する店は、朝七時からオープンし、モーニングメニューでコーヒーと軽食を提供している。社員の私は、週に何日か朝から勤務することがあるのだが……

「薫さん、おはようございます」

オープンしてすぐ、店の出入り口に本日のオススメのボードを置いていたら、いきなり声をかけられて、一瞬息が止まった。

「し、真家さん!! お……はようございます……」

接客業にあるまじきことながら、私はすごく驚いた顔を彼に向けてしまう。

「モーニングをいただきに来ました。入ってもよろしいでしょうか」

「はいっ、もちろんです。どうぞ」

彼と一緒に店の中に移動し、カウンターで注文を伺う。うちは基本的に全てカウンターで注文してもらい、イートインのお食事はスタッフがお客様の席まで運ぶ方式となっている。

「では、オススメにあったブレンドコーヒーとBLTサンドを」

「かしこまりました」

「それと、昨日の返事を」

「かしこ……はっ⁉」

追加で注文をするみたいに言われて、私のお仕事モードが音を立てて崩れていく。

「ちょっ、変なこと注文しないでくださいよ！」

恥ずかしさと動揺から、つい声が大きくなってしまう。

そんな私を見て、真家さんは楽しそうに微笑んでいる。

「今は、近くに人もいないので、いいかと思いまして」

確かに今は、厨房(ちゅうぼう)にスタッフがいるだけで、カウンター内には私しかいない。オープン直後ということもあり、お客様も真家さんだけだ。

だからといって、返事などできるわけがない。

「ひ、人がいないからって、そんな……ああいったことは、すぐにお返事なんてできません！」

「それは残念」

ドギマギしながらお会計を済ませ、真家さんには席で待っていてもらう。

気持ちを落ち着けてコーヒーを淹れ、厨房スタッフが作ってくれたサンドイッチと一緒に、彼のもとへ運ぶ。

「お待たせしました、ブレンドコーヒーとBLTサンドです」

「ありがとうございます。美味しそうですね」

テーブルにコーヒーとサンドイッチを置くと、真家さんが頬を緩ませた。これには私も、素直にお礼を言う。

「ありがとうございます。どうぞごゆっくり」

では、と席を離れようとしたら、「薫さん」と呼び止められた。

「お姉様の様子はいかがですか」

昨夜の姉を頭に思い浮かべ、チラッと真家さんを見る。

「昨夜は……ちょっと荒れてました」

事実を伝えると、真家さんはコーヒーを一口飲んでから、ふうっと息を吐いた。

「そうですか。ご心配をおかけして申し訳ありません。私としても、一日も早く事態を収拾するよう動いておりますので、お姉様には、もう少々お待ちくださいとお伝えください」

「はい。よろしくお願いします」

「あなたのお姉様のことですから、私もなんとか力になりたいのです」

「え、それは……」

どういう意味ですか？

と聞こうとしたら、お客様が入ってくるのが見えたので、喉まで出かかった言葉を呑み込んだ。

「……では、ごゆっくりどうぞ」

「ありがとうございます」

真家さんに一礼して、私は急いでカウンターに戻った。

それからお客様がひっきりなしに来店し、真家さんを気にする間もなく接客に追われる。

時間差で出勤してきた社員がカウンターに入り、接客に余裕が出てきた頃には、真家さんの姿はもうなかった。

——返事……って、あれって本当に本気で言ってるの？

彼は、本気で私と付き合いたいって思っているということだろうか？

トイレ休憩の際、鏡に映った自分をまじまじと見る。

店のユニフォームである白いシャツと黒いパンツに、赤いエプロンを身に着けた私。

長い髪は邪魔にならないよう、いつも一つに結んでお団子にしている。

姉の葵は、子供の頃から整った顔をしていて、妹の私から見ても美人だと思う。周囲の大人達も、決まり文句のように『葵ちゃんは、将来美人になるわよ』なんて言っていた。

対して妹の私はといえば、姉と顔の造りは似ているものの、美人なんて言われたことはほとんどない。子供の頃からモテていた姉と違い、初めて彼氏ができたのは大学の時だったし、そうした相手にだって、美人とか可愛いなんて言われたことはほぼなかった。

だから余計に、真家さんが私にあんなことを言ってくる理由が思い当たらない。

――真家さん、目が悪いのかな……

真剣に眼鏡のレンズ交換をオススメしたい……などと考えながらトイレを出た。

本来なら、告白に対する返事を考えるべきだろう。だけど、どうしても告白自体が間違っているような気がしてしまい、返事まで気持ちが辿り着けないでいる。

――それに真家さんなら、いくらでも素敵な女性とお付き合いできそうだし……

何より今の私は、恋愛をしたいとは露ほども思っていない。

もし私が絶賛彼氏募集中の身だったら、彼の告白を受け入れていた可能性もあった。

だけど、つい先日、ずっと定職に就かずふらふらしていた彼氏と、ようやく別れられたところなのだ。

なかなか別れてくれない相手への苛立ちと、別れられないことに対する焦り。そんな日々からやっと解放されたのである。

さすがに、しばらくは一人でいいと思っていたところなのに、なんで今、こんなことに……

なんともタイミングが悪すぎる。

真家さんの気持ちはとても嬉しいけど、今はとてもじゃないがそんな気になれなかった。

——申し訳ないけど、お断りするしかないよね。

真家さんが何故それほど面識のない私に交際を申し込んできたのか。それに関しては謎ばかりだけど、とりあえず私の答えは決まっている。

この時の私は、真家さんの本気を甘く見ていた。

私と交際したい、という彼の気持ちはそれほど大きなものではなく、一言ごめんなさいと言えば、終わる程度のものだと勝手に思い込んでいたのだ。

だが事態は、私の思っていた通りには運ばなかったのである……

翌日、開店して間もない店に、再び真家さんがやってきた。

「おはようございます、薫さん」

いつもと変わらぬ三つ揃えのスーツ姿の真家さんが入ってきた瞬間、カウンターにいた私は思わず緊張する。

——やっぱり、付き合う気がないのなら、きちんと断るべきだ。

私は真家さんを見つめながら、決意を固めた。

「お、はようございます……真家さん、毎日こんなに早いんですか？」

「いえ、今週は仕事が立て込んでいましてね。早出して、仕事を片付けないと間に合わないんです」

「お忙しいんですね。あ、今日もモーニングですか？」

「ええ。今日のコーヒーと……何か、薫さんのオススメはありますか？」

微笑みながら尋ねてくる真家さんのイケメンぶりに、ちょっと動揺する。

「店の近くにある美味しいベーカリーのカンパーニュと、自家製ハムのお店から仕入れたハムで作るハムチーズサンドはいかがですか？」

「ではそれを。あと、この前の返事を、そろそろ」

——きた！

涼しい顔をして、返事の催促をしてくる真家さんに腹を決める。

「申し訳ないのですが……私、真家さんとはお付き合いできません」

表情を変えない真家さんにレシートを手渡し、私はごめんなさい、と頭を下げる。

「理由を聞いても？」

「それは、私が今、男性とお付き合いする気がないからです」

「なるほど」

すぐに納得してくれた真家さんに、ちょっと拍子抜けした。

——あっさり。……よかった。やっぱり、そこまで本気じゃなかったんだ。

ホッとした私は、ほぼ指定席になっている窓側の席に真家さんを促すと、すぐにコーヒーを淹れて彼のところへ持って行く。

「本日のブレンドです。ハムチーズサンドはもう少しお待ちくださいね」

「薫さん。お付き合いできないというのは、私のことが嫌いだから、というわけではないのですね？」

いきなり尋ねられ、返事に困ってしまった。

「え？　ええ。嫌いも何も、私、真家さんのことよく知りませんし」

真家さんはそれを聞いて小さく頷くと、じっと私を見る。

「では、私のことをよく知れば、可能性はあるということですか」

——あれ……？

何かおかしい。どうも話がすれ違っているような気がする。

「あの、真家さん。さっき私、今は男性とお付き合いする気がないって言いましたよね？」

「そうですね。でも、私のことが嫌いというわけではないのでしょう？　それなら今後、薫さんの気が変わる可能性は大いにあるわけだ。その時のために、あなたには、私のことをもっとよく知っていただきたい」

なんとも勝手な彼の解釈に、顔が能面みたいになってしまうのを必死で抑えた。

「……あのー……ちょっと待ってください。話がズレてます。そもそも真家さんは、どうして私と付き合いたいなんて思ったんですか？　まだ数回しか会ってない私のどこに惚れる要素があったのか、まったく分からないんですけど……」

「薫さんは、理屈で人を好きになりますか」

「は？」

真家さんは私の返事を待たずコーヒーを一口飲んで、その涼しげな目で私を見つめる。

「この人を好きになろう、と決めて相手を好きになるわけじゃないでしょう。どちらかというと、私は直感を信じるタイプでしてね。この店であなたを見た時に、ピンときたんです。タイプの女性だと」

「ええ!?」

驚く私を見て、真家さんがクスッと笑う。

「かといって、さすがにそれだけで、あなたを運命の相手だとは思いません。ですが、エレベーターで薫さんと再会した時、また直感が働いたんです。それで確信しました。

あなたはきっと、私の恋人になる、と」

――つまり、勘ってこと？　勘で私と付き合いたいっていうの⁉

なんだか頭が痛くなってきて、私は無意識のうちにこめかみを指で押さえていた。

「あのですね、真家さん」

「はい」

「……ハムチーズサンド、お持ちします」

「お願いします」

イラッとしてきた私は、一旦彼から離れてクールダウンを図る。

カウンターに戻り、厨房から上がってきたハムチーズサンドをトレイに載せながら、どうやって彼に納得してもらうか必死に考えた。だけど、回りくどい表現では絶対に通じない気がして、ここははっきり言うべきだと腹を括った。

「お待たせいたしました。ハムチーズサンドです」

再び彼のもとへ赴き、テーブルにパンの載った皿を置いた。

「ありがとうございます。昨日のサンドイッチも旨かったが、これも美味しそうですね」

「美味しいですよ。お口に合うといいのですが。……で、真家さん」

「はい」

「やっぱり、ごめんなさい」

頭を下げたら、真家さんは一度手にしたコーヒーを再びテーブルに戻した。

「一日に二回振られたのは、初めてです」

そう言う彼の顔には笑みが浮かんでおり、あまり落ち込んでいるようには見えなかった。

「すみません。でも、勘とか、そんな理由でお付き合いしたいと言われても、無理です」

「どうしても？」

「どうしてもです！」

苛ついて、つい口調が荒くなってしまった。言ってから、ハッとする。

相手は姉の離婚を担当してくれている弁護士さんだ。ここで彼の気分を害するようなことがあれば、姉が相談しにくくなってしまうかもしれない。

咄嗟にそう思って謝罪を口にしようとする私に、何故か真家さんが満面の笑みを浮かべた。

「いいですね。ムッとした顔も非常に私好みです」

「は？」

その時、店のドアが開いてお客様が店内に入ってきた。

もっと言いたいことはあるけれど、それをグッと呑み込んで私はカウンターに戻る。

「いらっしゃいませ」

接客をしながら、窓側の席でハムチーズサンドを食べている真家さんをチラリと窺う。

――きちんと断ったのに、全然通じてないっぽい。

言葉が通じないというこの状況、元カレとの別れ際と一緒だ。すごくもどかしくて、イライラしまくったあの日々からやっと解放されたというのに、また同じ思いをするのだろうか。

どう言えば伝わるんだろう、と考えて思わず顔をしかめる。

勤務中だというのに、モヤモヤでいっぱいになってしまう。

しかし、そんな私の気持ちなどお構いなしに、真家さんはモーニングを食べ終えたトレイを返却口に戻し、カウンターの私に涼しい顔で声をかけてきた。

「ハムチーズサンドとても美味しかったです。また来ますね、薫さん」

――っていうか、また来るんだ……

「……ありがとうございました……また、お待ちしてます……」

マニュアル通りの返事をしただけなのに、真家さんはにっこり微笑み、他のスタッフにも会釈をして店を出て行った。

まだ八時前だというのに、真家さんのせいで疲労感が半端ない。

――終業までまだだいぶあるのに、どうしてくれるんだ真家……!!

ぶつけどころのない怒りに震えながら、その日一日をどうにか終え、ふらふらになりながら帰宅する。

「ただいまー……」

真家さんのせいで精神疲労がとんでもない私は、帰宅するなりダイニングテーブルに突っ伏した。

今日の夕飯は、仕事が休みの母が担当しており、キッチン内を忙しなく動き回っている。

「あら、なーに今日は。えらく疲れてるじゃないの」

「……ちょっと、想定外のことが立て続けに起こって……」

「ああ、サービス業はお客様によっていろいろあるもんねぇ。看護師だってそうよ。最近はキレる患者さんも多いから、大変」

味噌汁を作りながら、母がため息を漏らす。

そういうことじゃないんだけど、と母を見る。

でも、真家さんに告白されたなんて言ったら、めちゃくちゃ驚かれそうだから言えないけど。

「お母さんは、直感って信じる方?」

「えー？　直感？　どういう時の」

「たとえばさ、お父さんと結婚を決める時、何かピンときたりした？」

お父さんと言った瞬間、母がぐっと眉根を寄せる。

「ピンときたりねぇ……あったような気もするけど、あんまり参考にならないわよ」

「あったんだ。どんなの？」

そうねえ、と母がお玉を持ったまま遠くを見つめる。

「あの人、私が勤める病院に入院してきた患者さんだったのよ。建設関係の仕事で、すっ転んで足を骨折してね。それで、私が担当になったんだけど、初めて会った時、ちょっといいなって思ったのよね」

「それは、顔に惚れたってこと？」

「顔も好みだったけど、それだけじゃなくて……なんかこう、あの人が元々持ってる雰囲気が、私の理想とするものに近かったというか。だから、会ってすぐに、この人のこと好きになるかもって思ったわね」

真家さんと同じようなことを言う母が、にわかには信じがたく、つい訝しんでしまう。

「会ってすぐ……？　相手のこともよく知らないのに？」

「そうだけど、まずは顔が好みだとか、とっかかりがないと相手のこと知ろうとしないでしょ」

「確かに。でも別れちゃったじゃない」

私がスパッと言うと、母がイヤそうな顔をした。

「しょうがないじゃない。あの人、いつまでたっても定職に就かないし、私の給料を当てにされて面倒になったのよ。まあでも、葵と薫を授かったことだけは、あの人に感謝してるけど」

「ふうん……」

母にも経験があるということは、真家さんの言う直感を馬鹿にはできないということか。

だからといって、その直感を受け入れるかどうかは、別問題なのだけど。

——そもそも、あんな超イケメンの弁護士先生となんて、何を話していいか分かんないし。

私が頭を抱えていると、目の前にお味噌汁の入ったお椀が置かれた。

具は豆腐とワカメだ。

「はい、お味噌汁。ご飯もうすぐできるから」

「うん……いただきます」

母が作った温かいお味噌汁にほっこりしつつ、話の通じないあの弁護士をどうしてくれようかと、考える私なのだった。

2

翌日は休日だったため、私は家でのんびり過ごしていた。

録画しておいたテレビ番組を観てダラダラしていると、お昼頃に私のスマホが鳴った。

見ると、仕事に出ている姉からだ。

――こんな時間になんだろう？

私は休みだが、今日は平日なので姉は仕事の真っ最中のはず。疑問に思いながら電話に出ると、いきなり耳元から『薫、今暇⁉』と姉の声が聞こえてきた。

「は？　何いきなり。暇じゃないわよ、今ずっと観たかったドラマの続きを……」

『暇ね！　悪いんだけど、私の部屋にある封筒をこの前の弁護士さんのとこに届けてくれないかな。行くって連絡したのに、うっかり持ってくるの忘れちゃったのよ』

「はあああああ〜〜〜〜⁉」

弁護士と言われた瞬間、真家さんの顔が頭に浮かび、気分が重くなる。

『ごめん‼　この埋め合わせは今度するから、お願いお願い‼』

呆然とする私の耳に、姉の切羽詰まったような声が響く。

こういう時の姉は、私がうんと言うまで絶対に退かない。そのことを知っているだけに、これはもう諦めるしかない。

「分かったよ、もう……持って行けばいいんでしょ、持って行けば!!」

『ありがとう〜〜!! 部屋にあるA4の封筒ね! 事務所には連絡しておく。今日薫が好きなケーキ買って帰るから、よろしくね!』

プツ、と電話が切れた途端、私は座っていたソファーにバタンと倒れ込んだのだった。

渋々姉の部屋にあったA4の封筒をバッグに入れ、先日訪れた法律事務所に向かった。

あの時は姉がいたからよかったけど、今日は一人なので緊張感も半端ない。エレベーターに乗っている今、すでに引き返したくなっている。

——真家さんに会いたくない……いや、待てよ。真家さん忙しいって言ってたし、もしかしたら出かけていて不在だったりとか……

しかし次の瞬間、姉の『連絡しておく』という言葉を思い出す。つまり、真家さんが不在である可能性は、限りなく低いということだ。

ぬか喜びをしたせいで、いっそうどんよりしながら私は二十階でエレベーターを降り、件の法律事務所へ向かった。

自動ドアを抜けて、受付に座る女性に声をかける。

「これを真家さんに渡しておいていただけますか」

それでも受付に書類を預けて用事を済ますことができないものかと、姉の名前と代理であることを告げて、女性に封筒を渡す。

しかし、その女性はにっこり微笑んで私に言った。

「真家がすぐに参りますので、あちらのソファーでお待ちください」

――ああ……やっぱり……

「はい……」

よろよろしながら受付近くのソファーに座り込んだ私は、完全に諦めの境地で真家さんを待つ。

――ん？

ちょうど通りかかったスーツ姿の男性が、不意に私の前で足を止めた。

顔を上げると、じっと私を見ている男性と目が合う。

年齢はたぶん私と同じくらい。爽（さわ）やかな好青年といった印象のその男性の顔に、どことなく見覚えがあった。

そう、確か、高校時代に同じクラスにいた……

「……星名（ほしな）君？」

私が名前を呼んだ瞬間、彼がくしゃっと笑顔になる。

「やっぱり一杉さん。高校卒業以来だね、久しぶり」

「久しぶりだねー。でも、星名君が、なんでここに？　もしかして……」

ここは法律事務所だ。しかも星名君のジャケットには、真家さんがつけていたものと同じ弁護士バッジが光っている。ということは。

「うん、一応弁護士なんだ。といっても、まだまだ勉強中の身だけど」

照れながらそう言う星名君に、素で驚いてしまった。

「ええっ!!　すごい！　そうなんだ」

高校三年間同じクラスだった星名要（かなめ）君は、ずっと野球部に所属していた。今と違って髪が短く、女子とはあまり喋（しゃべ）らない硬派なイメージだったけど、頭が良くてクラスでは常に一、二を争う秀才だった。

そんな星名君が、弁護士になっているなんて驚いた。でも、きっちりとスーツを着こなす彼を見ていたら、弁護士という職は彼に合っているような気がしてくる。

「そっか……すごいね。頑張ったんだね、星名君」

「ありがとう。ところで一杉さん、ここにいるということは、うちの事務所に何か相談事？　誰かを待ってるとか？」

「あ、うん。私じゃなくて家族がね。ここの、真家さんにお世話になってて」

私が名前を出すと、それまで笑顔だった星名君が真顔になる。

「え。真家さんって……真家友恭先生!?　本当に？」

「うん。無料相談でお会いして、そのままお願いすることになったんだけど……」

「真家先生が、依頼を受けてくれたの？」

「うん、そうだけど……」

何がそんなに彼を驚かせているのかが分からず、キョトンとしていると、星名君がハッと我に返る。

「あ、ごめん。いや、真家先生は、あまり個人の依頼は受けないって聞いてたから、びっくりして」

——個人の依頼を……受けない？

「そうなの？」

星名君は周囲を気にしながら、私に一歩近づいて声を潜(ひそ)める。

「真家先生って、うちの事務所では企業法務を請け負うことがほとんどなんだ。とにかく有能な人だから、企業側から指名されることも多いしね。俺からすれば、真家先生に担当してもらえたのは幸運だと思うよ」

「そうなんだ……」

忙しいとは聞いていたが、まさかそこまですごい人だったとは思わず、ポカンとしてしまう。

——イケメンなだけじゃなく、能力もある弁護士さんとは……

そんな人が、どうして姉の担当になってくれたのかは分からないけど、とりあえず姉の件に関しての安心感は増した。

だけど、彼の「交際申し込み」に関しては、ますます謎が広がっていく。

——それだけ有能なら、もっと相応しい人がいくらでもいそうなのに。なんで私なんだろ……

心の中で大きく首を傾げていると、「薫さん」という真家さんの声が聞こえた。

「すみません、お待たせせしてしまって。おや……星名先生？」

真家さんは星名君の存在に気がつくと、私と彼の顔を見て不思議そうな顔をする。そんな真家さんに、星名君が咄嗟に口を開いた。

「一杉さんと私、高校の同級生なんです」

星名君が私を見てニコッとするので、私もつられて笑顔になる。

そんな私達を、真家さんは真顔のまま交互に見る。

「薫さんと星名先生が？　そうだったんですか」

「はい。一杉さん、久しぶりに会えて嬉しかったです。では、私はこれで」

真家さんに気を使ってか、星名君が急に口調を改めた。

「あ、はい。こちらこそ」

そんな彼に恐縮しながらお礼を言うと、にっこり微笑まれる。そして彼は、真家さんにも軽く頭を下げてから、颯爽と歩いて行った。

「こんなところで同級生と再会するとは、不思議な縁もあるものですね」

星名君の後ろ姿を見つめながら、真家さんが呟く。

「そうですね、私も驚きました。星名君、昔とだいぶ外見が変わっていたので、彼が私の前で立ち止まらなかったら気がつかなかったかもしれません」

あはは、と何気なく発した私の言葉に、真家さんがピクリと反応する。

「……星名の方が先にあなたに気づいたのですか」

「は……」

はい、と返事をしようとして真家さんを見ると、何故か彼は、びっくりするくらい冷ややかな表情をしていた。その変貌ぶりに、思わず二度見してしまう。

――あれ？　なんでこんな顔してるの、真家さん⁉　さっきまで普通だったのに。

「あの……どうかされました？」

不安になった私が声をかけると、ようやく真家さんの表情が元に戻った。

「いえ。なんでもありません。それより薫さん、今日はわざわざお越しいただいて恐縮です」

「あ、はい。これ、姉から預かったものです」

ずっと胸に抱いていた封筒を差し出すと、彼がそれを受け取った。

――わ、指長い。

封筒を掴んだ真家さんの手は、指が長く骨張ってて、思いがけずドキッとしてしまうほど綺麗だった。

「ありがとうございます、助かります」

封筒をバッグの中に入れながら、真家さんが微笑む。

その笑顔に、なんとなくこそばゆい気持ちになるが、私の用事はこれで済んだ。もうここにいる理由はない。

「……じゃあ、私はこれで」

素早く一礼して帰ろうとすると、すぐに後ろから「待ってください」と声がかかる。

「私も外に出る用事がありますので、途中までご一緒しましょう」

「……」

別に気を使わなくても、いや、むしろ一人の方が気楽なのだが……と思っていると、真家さんの顔に苦笑が浮かぶ。

「薫さんは、分かりやすいですね。思っていることが、全て顔に出る」

「えっ⁉」

顔に出したつもりなど毛頭ない私は、慌てて両手で顔を押さえる。そんな私を微笑ましそうに見つめながら、真家さんは「行きましょう」と私と歩幅を合わせて歩き出した。

「今日はお休みなんですか？」

事務所を出たところで、真家さんに話しかけられた。

「はい。家でのんびりしていたら、姉から電話がきて、封筒を届けるように頼まれました」

「それは申し訳なかったですね。連絡をくだされば、私がお宅まで取りに伺ったのに」

真家さんの言葉にぎょっとする。

「……いえ、それは……大丈夫です」

――真家さんに家に来られるのは、なんかイヤだ。

真家さんに誘導される形でエレベーターに乗り込んだが、中は私と真家さんの二人だけ。どうにも居たたまれず必死で会話を探し、私から彼に話しかけた。

「そ、それより。姉の件はどうなっていますか？　義兄との話は進んでいるんでしょうか」

「ああ、はい。大丈夫ですよ。近いうちに、お姉様にはいい報告ができると思います」

「そうですか……よかった」

心からホッとしていると、隣に立つ真家さんがチラッと私を窺ってくる。

「姉妹仲がいいんですね。事務所にも、一緒に来られていましたし」

「え？　ああ……そうですね、仲はいい方だと思います」

我が家は子供の頃から母が仕事で忙しくしていたので、私は自然と姉に頼ることが多かった。

私が二十歳過ぎてからは姉も困ったことがあれば私に相談してきたし、なんだかんだで、お互いに助け合いながら生きてきた。

だけどそんな姉にすら、真家さんのことはまだ相談できていない。

言おうか悩んだけど、姉は離婚問題で揉めている最中だし、しかも相手はこの件を担当している弁護士さんだ。さすがに言いにくい。

「お姉さんに、私とのことは相談したんですか？」

「えっ……」

こんなところでその話⁉　と咄嗟に身構えそうになるけど、なんとか平静を装う。

「……いえ、姉には話していません。っていうか、言えませんよ、こんな……」

「離婚の相談をしている弁護士に交際を迫られている、なんて？」

思っていたことを先に言われてしまい、カッと顔が熱くなる。

「……私、お断りしたはずですけど」

「そうですね、しかも二回」

他人事みたいにしれっと言われ、つい眉をひそめたくなる。

「分かっているならもう、この話はやめにしませんか」

「分かってはいますが、どうやら私は、自分で思っている以上に諦めが悪いようでして」

真家さんがそう言ってすぐに、エレベーターが一階に到着した。

諦めが悪いという性格は、できればお仕事の場でのみ発揮してほしい。

思わずそう思ってしまった私は、一つため息を零す。

「でも、私の考えは変わりません」

真家さんを見ずにそう答えて、エレベーターを降りたら、彼も私の後に続く。

早くこのビルから出たくて、いつもより早足で歩く私に、真家さんは軽々と歩調を合わせてきた。

「薫さんに、結婚願望はないのですか？」

「そういうわけじゃないですけど、今は結婚という契約に、夢も希望も持てないんです。だから、本当にごめんなさい」

エントランスに差し掛かったところで一旦足を止めた私は、真家さんに向き直り、改めて深々と頭を下げた。

「これで断られるのは、三回目ですね」

苦笑まじりの真家さんの声に、申し訳なさが募ってきて彼の顔が見られない。

「すっ……すみません。じゃあ、私はこれで」

彼の顔を見ないまま、さっさと立ち去ろうとする。そんな私の背に真家さんの声がかかった。

「また、お店に伺います」

咄嗟(とっさ)に振り返ると、真家さんに微笑みかけられる。

彼が、何を考えてるのかは分からない。

だから、そんな真家さんになんと声をかければいいか思いつかず、私はただ会釈(えしゃく)だけして、そそくさとその場を後にしたのだった。


真家さんの事務所に届け物をしてから一週間が経過した。

また店に来る、と言った真家さんは、あれから私の前に現れていない。

ランチタイムを終えて裏で休憩を取っている私の脳裏に、ふとあの日の真家さんの姿が浮かぶ。

――真家さん、また来るなんて言ってたけど……

さすがに三回も断られたら、諦めが悪いという彼でも、顔を合わせづらいのかもしれない。

私だったら、三回も「ごめんなさい」された相手の前には、顔なんて出せないと思う。

気まずくて、できることならもう二度と会いたくない。

あんな高スペックな人からの交際の申し込みを断るなんて、何様だって感じだけど。

タイミングが悪かったんだから仕方がない。

お客様を一人失ったのは痛いけど、私の生活は彼に会う前に戻るだけだ。

なんて思っていたら、今現在、最も会いたくない人と会ってしまった。

元カレの畠村寛だ。


「薫！」

仕事を終えた私が店から出てくるのを、裏口で待ち構えていたらしい。

――いやいやいや、いくら前に戻るっていったって、これは無理！　本当に無理‼

はっきり言って、真家さんどころの話じゃない。顔、いや文字に書かれた名前すら見たくない相手だ。なのにそいつは、私が裏口から出た瞬間、眼前に立ち塞がってきた。

「こんなところまで押しかけてごめんっ……でも、こうでもしないと薫、話聞いてくれないから」

縋るような表情で詰め寄ってくる寛に、私は素早く周囲を窺う。

この裏口があるのはビルとビルの間の細い路地。私達以外に人気がないことにホッとした私は、目の前にいる元カレに向き直った。

「ちょっと……勘弁してよ。なんでこんなところまで来るの？　言っとくけど、私には話すことなんかないから」

睨(にら)み付けながら冷たい言葉をぶつけると、寛は分かりやすく眉毛を下げて悲しそうな顔をする。

「俺、離れてみてやっと分かったんだよ、お前じゃなきゃだめなんだって。薫がいないと生きていけないんだよ。頼むから、もう一度、俺とのこと考え直してくれないか」

「ふざけないで。あなたが必要としてるのは、私じゃなくて私のお財布じゃないの？」

あまりの言い分に呆れて、ズバリと言い返す。寛は一瞬、図星を指されたと言わんばかりに言葉に詰まった。

「ち、違うって‼　薫のことが必要なんだよ‼」

「嘘ばっかり。もう信じられないし、あなたのことなんか一ミリも好きじゃありません。帰ってください」

今の気持ちをきっぱり伝えた私は、身長だけは無駄にでかい寛の脇をすり抜け、大通りに向かって歩き出す。

「待ってくれよ、本当だって！　本当に、俺にはお前が必要なんだよ」

後ろから追いかけてくる声に、思わず耳を塞ぎたくなる。

ようやく別れることができて心底安心していたのに……この人は、なんでまた私の前に現れたりするのだ。

すっかり忘れていた不安が舞い戻り、胸をぎゅっと掴まれたみたいに苦しくなった。

——やだやだ……絶対に過去になんて戻りたくない。

ふるふると頭を振りながら大通りに足を踏み出すと、思いがけず「薫さん？」と名を呼ばれた。ハッとして声のした方を向くと、真家さんが立っている。

いつもなら気の重くなる真家さんの登場が、今日に限っては、なんだか地獄で仏に会ったように感じた。

「真家さん！」

「薫さん。よかった、会えて。店に立ち寄ったら、もう帰ったと言われて……おや、お知り合いですか？」

私が歩いてきた方向から姿を現した寛に、真家さんが気づく。

「知り合いじゃないです、こんな人」

「何言ってんだよ、この前まで付き合ってただろ」

吐き捨てるように言うと、即座に寛からツッコまれる。

——このっ……真家さんの前で、そういうことを言うな——!!

殺意を込めた視線で寛を睨み付けると、奴がウッと怯んだ。

「なるほど、元カレ、というやつですか」

「……ええ、まあ……でも、もう関係ないので」

「薫、俺は終わったと思ってな……」

寛が言いかけた言葉が耳に入らないように、私は「聞こえなーい」と両手で耳を塞いだ。

「おい、聞けって」

私の態度に業を煮やした寛が、私の腕を掴もうと手を伸ばしてくる。だけどその手は、真家さんによって阻止された。

涼しい顔で腕を掴む真家さんに、寛がムッとして食ってかかる。

「なんだあんた、さっきから。俺達の話の邪魔なんだけど」

「失礼。彼女が嫌がっているようだったので。それに、仲裁するのが仕事ですから。……薫さん、この方と話があるのですか？」

「ありません。私の中では、完全に終わっている話ですし」

ギロリと寛を睨むと、彼の顔がまた悲しげに歪む。

「薫、そんな……俺はまだ諦められない。また俺と一緒にやり直さ……」

「いいえ、諦められた方がいいですよ。何しろ、薫さんには新しい相手がいますしね」

「はっ？」

嘘だろ、という顔をして寛が私を見る。同じく、疑問に思って真家さんを見る私に、彼はにっこりと微笑んだ。

「ね、薫？」

一瞬、何を言われているのか分からずポカンとする。でもすぐに、真家さんが言わんとしていることを察した。

――これはつまり、自分を新しい彼氏ということにしてしまえよ、という……ナイスアイデア!! と真家さんの機転を賞賛する気持ちが二割。

いや、何言ってんの、とツッコみたい気持ちが二割。

ふざけんなよ、という怒りが一割。

残る五割は、「嘘でもいいから今はそれに乗っかりたい」だ。

そして――やっぱり、五割は強かった。

「そっ……そう、なの!! 私、すでに彼との未来を歩いてるから、もう過去には戻れないの」

真家さんの腕を遠慮がちに掴み、寛に向かってきっぱりと言い切った。

さすがにこれは予想外だったみたいで、寛が目に見えて狼狽（ろうばい）する。

「なっ……マジかよ、もう新しい男がいるなんて……」

「何度も言うけど、あなたとやり直すとか、絶対にないから。帰って！」

復縁する余地など私にはありません、と強く目で訴える。

これでもまだ寛が何か言ってくるようなら、私はどうすればいいのだろう。じわじわと不安な気持ちが、胸の辺りに渦巻き始める。

しかし、私をじっと見つめていた寛は、諦めた様子で口を開いた。

「……っ、いや、なんでもない……また来る」

「もう来ないで！」

寛は何も答えず、真家さんをじろりと睨み付けて去って行った。

その姿が視界から完全に消えた瞬間、一気に力が抜けた。私は、ずっと掴んでいた真家さんの腕から手を離す。

「……あ、ありがとうございました。助かりました」

「どういたしまして。しかし、彼はまだ随分と薫さんに未練があるようですね、ちゃんと別れられていないのですか」

真家さんの指摘に、胸にグサッと矢が刺さったような痛みが走る。

確かに、寛と別れるまでには、かなりの時間を要した。

分かった、と言ってくれた次の日に、やっぱり別れたくないとごねられたこともあった。

でも、最後はちゃんと首を縦に振ってくれたのだ、だから、安心していたのに……

――あの野郎……！

思い出すだけで、イラッとしてくるけど、それをなんとか堪える。

「……いえ。ちゃんと別れました。あの人、元々ああいう人なんです。困ったことがあると、すぐ誰かに縋ろうとするというか。……たぶん、今、他に頼る人がいないんですよ。だから、私のところに来たんだと思います」

「純粋に、あなたのことが忘れられないから、ではなく？」

真家さんが腕を組みながら、私を見下ろしてくる。

「違いますね。私って、あの人にとっては、恋人というよりお母さんみたいな存在だったので……今、思えばですけどね……」

言ってしまってからハッとする。私はなんで真家さんにこんなことを話しているのか。

なんとなく気まずくなって、口元を手で覆った。

「……今聞いたことは、忘れてください」

「どうして」

真家さんがこちらに顔を向けるので、つい反射的に顔を逸らしてしまう。

「し、真家さんには、関係のないことですし……」

「関係ならありますよ。一緒に嘘をついた共犯者じゃないですか」

「きょ、共犯者って……！」

言葉の響きにギョッと目を剥くと、真家さんは涼しい顔で続けた。

「それ以前に、私はあなたに交際を申し込んでいる身です。関係大ありですよ。もしかして、薫さんが、今は男性と付き合いたくない、と言ったのは、彼が原因ですか？」

「……どうして、そう思うんですか」

「今のやり取りを見ていれば分かりますよ。相手の言い分をまったく聞かず、俺にはお前だけだ、忘れられない、やり直したいと繰り返す。自分のことしか考えず、周りが見えないタイプの典型ですね」

確かに、と納得しそうになるが、ハタと気づく。それって、真家さんにも当てはまるのでは。

「あの……真家さん。それ、ご自分にも言えることでは？」

「……ですね。私も、自己中心的な人間なので、耳が痛いです。でも――」

真家さんが、いきなり私の手首を掴んで、目の高さまで持ち上げた。

「私は、あなたを震えるくらい怖がらせるようなことは、絶対にしません。それに、いくらなんでも、顔を見れば、本気で嫌がっているかどうかくらい分かります」

優しい口調と強い眼差しに射貫かれ、私は口を開けたまま言葉を発することができなくなる。

彼は、私が寛に対して恐怖心を抱いていたことに、気づいていたらしい。

そのことに驚きつつも、どこかホッとするような気持ちが湧いてくる。

「……あ、の……手を……」

ずっと掴まれている手が気になって、放してくれと目で訴える。でも、何故か彼は、私の手を放そうとしない。

「あなたが恋愛から遠ざかろうとしている原因が、彼にあるというのなら、私はむしろ新しい恋愛をして、積極的に前の恋を忘れるべきだと思います」

「……っ、そんな簡単に言わないでください」

「簡単に言っているわけではなく、そうすべきだと思ったので。ああ、だからといって、私に恋をしろ、と言ってるんじゃないですよ？」

――どの口が言う⁉

じとっとした視線を真家さんに送る。でも真家さんは、そんな私に、にこりと微笑みかけてきた。

「過去の恋愛のせいで、あなたを諦めなければいけないというのは納得がいかない。ならば私も、もう遠慮はしません。これまで以上に、あなたを口説くことにします」

「……はっ⁉」

真家さんの言葉に我が耳を疑った。

――これまで以上って……

今までだって、かなりストレートに口説かれていたのに、それ以上ってどんなだ⁉

混乱する私の手を、真家さんがぎゅっと握ってきた。

「さっきの男性が、まだどこかで待っている可能性も否定できません。今日は家まで送りますよ」

私の手を引いて歩き出した真家さんに、ハッと我に返る。

「えっ、送る!? いやいや、いいですって!!」

頑なに拒否する私に、真家さんは「ダメです」と、はっきり言った。

「あなたに何かあったら困ります。それに、ご家族だって心配するでしょう。今日は私の言うことを聞いてください」

家族を引き合いに出されるとどうにも弱い。確かに、一人でいる時に寛と遭遇したら……と考えると、真家さんと一緒に帰った方がよさそうだ。

「……分かりました……」

素直に頷いた私に軽く微笑んで、真家さんは私と手を繋いだまま歩き出す。そして、タクシーをつかまえると、本当に家まで送ってくれた。

有り難いけれど、なんだか逆に申し訳ない気持ちになる。

「こんなことしていて大丈夫なんですか？ 真家さん、すごくお忙しいんでしょう」

「これくらい、なんてことないです。それよりも、あなたの身に何か起こることの方が、困ります」

「……す、すみません……」

タクシーの中では、真家さんもあまり話しかけてこなかったので、私も黙っていた。それに、ずっと手を握られていたので、恥ずかしいやら、照れるやらで、どうしていいか分からなかったのだ。

「その角を、左に曲がって三軒目です」

「はい」

運転手の男性に声をかけ、繋いでいた手をさりげなくほどいて財布を出そうとすると、真家さんに止められた。

「ここは私が」

「え、でも……」

やっぱり悪い気がして、お札を出して彼に渡そうとすると、大きな手に遮(さえぎ)られる。

「本当に結構です。私がしたくて、していることですから」

「す……すみません」

申し訳ないと思いつつも、今日のところはお言葉に甘えることにした。

家に到着すると、真家さんは家の周囲に寛の姿がないことを確認してから、私と一緒に車から降りる。

「真家さん、今日はいろいろとすみませんでした。それと……助けてくれて、ありがとうございました」

「いえ、これくらいなんでもありません。さあ、家に入ってください。私は、それを見届けてから帰ります」

「はい、じゃあ……あの、また店にいらしてください。よかったらコーヒーをご馳走しますので」

言ってから、コーヒー一杯じゃ安すぎると気づき、しまった、と思う。

でも真家さんは、これまで見たことがないくらい嬉しそうに顔を綻(ほころ)ばせた。

「もちろん、言われなくても行くつもりでしたが……嬉しいです。楽しみにしています」

その言葉に、何故かホッとした私は、彼に一礼して家の敷地に足を踏み入れる。

家のドアに手をかけ、ふと後ろを振り返ると、タクシーの脇に立った真家さんが、じっとこちらを見ていた。

——まだ見てくれてる……

恐縮しながら頭を下げると、彼はヒラヒラと手を振って、小さく頷いた。

私が家の中に入ったところで、車のドアが閉まる音がして、タクシーが去って行く。

玄関のドアにぴったりと背中をつけてじっと耳を澄ましていた私は、そこでようやく気を抜くことができた。

まさか寛が店まで来るとは思わなかった。

元々は好きで付き合っていた相手なのに、まったく意思疎通できないことが、怖くて仕方なかった。だけど……

私は、真家さんに握られていた手をじっと見る。

寛のことは怖かったけど、途中から真家さんに手を握られていることにドキドキして、そっちで頭がいっぱいになってた……

二人とも人の話を聞かない、という点では同じだ。でも。

『私は、あなたを震えるくらい怖がらせるようなことは、絶対にしません』

毅然とした口調で言った真家さんに手を強く握られた時、この人と寛は違うのだとはっきり感じた。

握られた手を通し、私を絶対に怖がらせない、という彼の思いが伝わってきたような気がした。

真家さんのことを好きになったわけではない。

でも、以前ほど、真家さんを拒否する気持ちがなくなっている。

――助けてもらったからかな……？

真家さんの手は大きくて温かくて、あれで私の気持ちが落ち着いたのは事実だ。

そう思うと、自然と真家さんへの感謝の気持ちが湧いてくる。

――今度店に来てくれたら、美味しいコーヒーを淹れてあげよう……

そう思いながら家に上がった私は、再会した元カレのことなどすっかり忘れて、何故か真家さんのことばかり考えていたのだった。

3

私が遅番勤務を終えて帰宅すると、上機嫌の姉が祖母とダイニングテーブルに座っていた。

しかもテーブルの中央にはスパークリングワインとデコレーションケーキがあったので、一瞬家族の誰かの誕生日だっけ？　と考え込んでしまった。

姉はそんな私の姿を見た途端、席を立って私に抱きついてきた。

「お帰り薫～!!　聞いて聞いて！　離婚が成立したの!!」

「えっ、そうなの⁉　おめでとう!!」

「ありがとう～!!　ほら、薫も一緒にお祝いしよー。早く着替えてきなよ」

「う、うん」

ご機嫌の姉に勧められるまま、一旦、自分の部屋へ引っ込んだ私は、着替えを終えダイニングに戻ってきた。

「はい、これ薫の分のケーキね」

姉がデコレーションケーキを皿に切り分け、私の前に置く。

家でデコレーションケーキを食べる機会など、もう何年もなかったことなので、なんだかクリスマスのような気分になる。

「ありがと。それで、おに……じゃなくて、孝治さんは離婚に納得してくれたんだ？」

「うん。ずっとごねてたんだけど、真家さんが説得してくれたの。あの人のおかげで、調停に持ち込まず慰謝料もちゃんと払ってもらえることになったし。もう、真家様々よ～。ほんとあの人に担当してもらえてよかったー！」

嬉しそうな顔で、私のグラスにワインを注ぐ姉を見ながら、私はホッと胸を撫で下ろした。

「そうなんだ……よかった！」

姉とグラスを合わせ、くいっとワインを飲む。

「うん。本当に。これで私も新しい人生のスタートが切れるわよ」

姉が何気なく発した言葉にドキリとする。

離婚が成立したということは、真家さんとの関わりもなくなるということだ。

この間のお礼もしていないのに、このまま会えなくなってしまっていいんだろうか。

あれ以来、店に現れない真家さんをぼんやり思い浮かべながら、本当にそれでいいのかと自分に問いかける。

――そういえば、真家さんは私とのこと、姉に話していないのだろうか？

「……あのさ、お姉ちゃん真家さんに……」

フォークでケーキを切りながら、それとなく聞いてみようとした途端、姉が笑顔で私を見る。

「何、薫も真家さんに何か相談する？」

「あ、いやそういうんじゃなくて……い、いい人に相談できてよかったね！」

「だよね。薫も何かあったら真家さんに相談するといいよ。名刺、もらってたよね？」

「うん……」

姉の様子を見て、何も聞かされていないと確信する。そのことに安心しながらも、何故か、先日の別れ際に真家さんが浮かべた笑みを思い出し、胸がモヤッとした。

そんな自分にハッとする。

――なんで。なんでここでまた真家さんが出てくるの。顔を出さないからなんだっていうんだ。これはただ単に、さっさとお礼がしたいだけ。決してそれ以外の感情はないから！　ていうか今は姉の問題が片付いたことを喜ぶべきで、こんなことを考えている場合じゃない。

私は即座に気持ちを切り替えた。

「よし、今日は私も飲んじゃおうかな！　お祝いだしね」

そう言うと、姉が嬉しそうに微笑んだ。

「そうよ。飲もう飲もう。離婚も成立したことだし、早くいい人見つけて、『男運のない姉妹』の称号を返上しないとね！」

「いつもらったの、そんな称号……」

すっかり明るさを取り戻した姉を笑顔で眺めながら、とりあえずは離婚の件が片付いたことに心から安堵するのだった。


その翌日。

遅番で出勤した私がカウンター内で作業をしていると、「こんにちは」という低い声がした。

振り返ると、真家さんがいたので、飛び上がりそうになった。

「あっ!!　こ、こんにちはっ！」

手をエプロンで拭きながら真家さんに近づくと、彼はチラリと周囲に視線を走らせた。

「薫さん、あれから何もありませんでしたか？」

「え？」

「元カレの男性ですよ。あの後、会いに来たりしていませんか」

「あ」

——そうだった、寛が来たんだっけ。

真家さんにお礼をすることばかり考えていたので、ヤツのことなどすっかり忘れていた。

「はい。その節は、本当にありがとうございました。えっと、今、コーヒーをお淹れしますね。どうぞ席にお掛けになってお待ちくださ……」

「薫さん、今、五分くらい話せませんか」

真家さんにそう言われて、私の動きがピタッと止まる。

これまでの私なら、きっと「そんな暇ありません」と言って、逃げていただろう。

でも、真家さんには、先日の件と姉の件を合わせてお礼を言いたいと思っていたので、ちょうどいい。

私は真家さんに店の外で待っていてもらい、急いでコーヒーの準備をした。そして、店長に十分ほどの短い休憩を申し出て、彼のもとへ行く。

真家さんは、店のすぐ脇の路地裏で待っていた。

「お待たせしました」

紙袋を持って歩み寄る私に、笑みを浮かべた彼が口を開いた。

「来るのが遅くなってしまって申し訳ない。仕事が立て込んでいて、なかなか時間が取れなくて」

「いえ、そんなのは全然」

恐縮して、ふるふると首を横に振ると、真家さんにクスッと笑われる。

「よかった。いつもの薫さんに戻ったみたいですね」

「あ、あの時は想定外の事態に動揺してたっていうか……そ、それより‼ 先日は、いろいろと助けていただき、ありがとうございました。あと、姉の件も」

その話題を出したら、すぐに真家さんが頰を緩ませる。

「いえ。お姉さんの件は仕事ですから。私が思っていたより、だいぶスムーズに進んだので助かりました。お姉さんはその後、どうですか？」

「離婚が成立して、すごく前向きになっています。真家さんにお願いして、本当によかったって言っていました」

「私も、お姉さんの件を担当できたのは幸運でした。それがなければ、今こんな風に薫さんと会話できていなかったと思うので」

真っ直ぐ私を見つめながら、真家さんが微笑む。そんな顔をされると、何を言ったらいいか分からなくなる。

「そ、そんなことより……ですね。これなんですけど」

私は持参した紙袋を、真家さんに差し出した。

「なんでしょうか？」

紙袋を受け取った真家さんが、中を覗き込む。

「うちで扱っているステンレスボトルです。中に、淹れ立てのコーヒーが入っていますので、よかったら使ってください。それと、店で作っているオリジナルスコーンです。甘さは控えめですが、もし甘い物が苦手でしたら、どなたかに差し上げてください」

袋の中身を説明すると、真家さんが驚いたように目を見開いた。

「……これを、私にですか」

あまり動じない印象の真家さんが、珍しく戸惑っているのが意外だった。

「はい。この前のお礼です。本当は、もっと違うものを、と考えていたんですけど、真家さんの好みが分からなかったもので。手近なもので、すみませんが……」

助けてもらったことと、姉の件のお礼が、コーヒー一杯というのはさすがにショボすぎると思ったのだ。

――携帯用のステンレスボトルなら、いくつかあってもそんなに困るものじゃないし、コーヒーが好きなら、たぶん嫌がられないだろうと思って選んだんだけど。

しかし私の予想以上に、真家さんは、そのプレゼントを喜んでくれた。

「嬉しいです、ありがとうございます。これから、毎日使わせていただきます」

紙袋から取り出したボトルを見て、満面の笑みを浮かべる。

「あ、はい。そうしていただけたら嬉しいです」

真家さんはボトルを紙袋に戻すと、再び私を見つめた。

「それで、薫さん。お付き合いの件についてですが……」

「ごめんなさい」

彼の言葉が終わる前に、私はすかさず頭を下げる。

あまりにも早い私の反応に、真家さんがクッ、と笑い出した。

「条件反射ですか。さすがに傷つきますね」

傷つく、なんて言われると、ちょっとだけ胸が痛くなる。でも、ここで流されちゃいけない。

「……すみません。でも、私の気持ちは変わらないので。姉の件も、この前助けていただいたことにも感謝してます。だけど、それとお付き合いをすることは別問題です。私は、真家さんとお付き合いするのは無……」

「薫さん、今度二人でどこか行きませんか」

さっきのお返しとばかりに、今度は真家さんが言葉を被せてくる。

「…………真家さん、私の話、聞いてました？　今、無理って……」

「やはり私達には、圧倒的に二人の時間が足りないと思うんです。お互いのことを知るためにも、一緒に過ごす時間を増やしませんか」

完全に私の気持ちを無視した真家さんの言動に、割と温厚なはずの私もイラッとした。

というより、キレた。

「……っ、勝手なことばかり言わないでください！　真家さん、さっきから自分のことばっかりで、私の気持ちなんてお構いなしじゃないですか。そんな人と、お付き合いなんてできません」

語気を強めて言い、真家さんを睨(にら)み付ける。すると、いつもキリッとしている真家さんの眉が、困ったように少し下がった。

「すみません。でも、私は……」

「もう休憩終わりなので、いいですか。失礼します」

イライラが収まらない私は、さっと一礼して、真家さんの顔を見ないまま店に戻った。

——もう、なんなのあの人。どんなに仕事ができても、女性の扱い方がおかしくない⁉

一旦、休憩室に駆け込み、飲み物を飲んでクールダウンしていると、社長が入ってきた。

「お、一杉さん。お疲れ様」

「お疲れ様です」

富樫(とがし)社長は、四十代後半の恰幅(かっぷく)のいい男性だ。コーヒー好きが高じて、脱サラしてこの店を始めたという人物で、自ら海外に豆を買い付けに行くほど行動力がある。

私が入社した時は一店舗しかなかったお店も、今では十店舗ほどに増え、順調に業績を伸ばしている。それもこれも、全ては社長の経営手腕によるものだ。

その上、すごく温厚な人柄で、社員からの人望も厚い。かくいう私も、富樫社長の下で、この先も働き続けたいと思っている。

「そういえば一杉さん、さっき真家さんと話してなかった？」

「……え？　社長、真家さんのことご存じなんですか」

驚く私に、社長がにこにこしながら話を続ける。

「実は真家さんのいる法律事務所の所長って、うちのビルのオーナーと旧知の仲でさー。僕も以前、オーナーから紹介してもらって、あそこの弁護士さんにお世話になったことあるんだ」

「そ、そうなんですね……」

「真家さんは、あの事務所じゃ有名人だからね。僕も何度か挨拶したことがあるけど、若いのにかなり有能なんだって？　しかも、ものすごい男前だしね」

「そう、ですね……」

――言えない……その人に交際を迫られて、すでに何度も振ってしまっているなんて……

「一杉さんは、真家さんとどういう関係？　友達か何か？」

「いえ、姉が真家さんにお世話になったので、その縁で何度かお話を……」

「そっかー、お姉さん、真家さんに相談できてラッキーだったね。もし、次に会うことがあったら、ぜひよろしく言っておいて。僕もいつかお世話になるかもしれないし」

「は、はい……」

本気なのか冗談なのか分からない社長の言葉に、背中がひんやりする。

――ど、どうしよう……

凍りつく私をよそに、笑顔の社長は「じゃ！」と言って休憩室を出て行った。

ドアが閉まった瞬間、私は椅子にへなへなと座り込んでしまう。

まさか真家さんが、社長ともオーナーとも縁のある人だったなんて。

――そんなの聞いてないよ……!!

「……さすがにさっきのは、気分、害したよね……」

無意識に、重たいため息が零れてしまう。

いい人なのは分かる。自分には勿体ないくらいの人だということも承知している。だけど今の私は恋愛をするつもりはないのだ。

だからこそ、誠実にお断りしているのに、真家さんが全然人の話を聞いてくれないから……！

――それでも、やっぱりキレたのはまずかったかも……

自分の行動を後悔しつつ、重い足取りで店に戻った私は……

「……薫さん、顔が死んでます！」

顔を合わせた小島さんに、激しく心配されたのだった。


モヤモヤしたまま帰宅した私に、今度は姉の言葉が突き刺ってきた。

「ねー、聞いて。今日、同僚に離婚が成立した話をしたらさ、私よりもっと大変な目に遭ってる子がいたのよ。だから、その子に真家さん紹介しようと思って」

残業で遅くなった姉が、私と一緒に夕食を食べながらこう言った。

――ここでもまた真家さん!!　もう泣きたい……

「……うん……でも真家さん、すごく忙しそうだったよ……個人の依頼はあんまり受けないって聞いたし……」

やっとのことで言葉を発する。

「あー、やっぱ、そうなんだ。忙しそうだったもんね。でも、あそこの事務所、弁護士さんたくさんいるみたいだから、真家さんにお願いすればいい人を紹介してくれるんじゃないかな」

ニコニコしながら話す姉は、真家さんを心から信頼しているようだった。

——ダメだ。もう謝ろう……

このままじゃ私の胃がやられてしまう。

彼に言いすぎたことを謝罪して、これまで通り接してもらえるように頼まなければ。

だけど、あんなことを言われた人が、またうちの店に来てくれるだろうか。

お風呂に浸かりながら、どうしたらいいかと頭を抱える。

しかし、そんな私の悩みは、翌日あっさりと解決したのだった。

遅番で出勤すると、ランチタイム前に真家さんが現れたのだ。

まさか昨日の今日で店に来るとは思ってもみなかった私は、彼の姿を見た瞬間、目玉が飛び出そうなほど驚いた。

「薫さん、こんにちは」

「しっ……しんけさ……」

「今日はゆっくりする時間が取れないので、ブレンドを六つ、テイクアウトでお願いします。一つはこのボトルに」

驚いて言葉の出ない私に微笑みかけながら、真家さんは昨日プレゼントしたステンレスボトルをカウンターに置いた。彼の態度は、これまでとまったく変わらない。

昨日散々悩んだだけに、肩透かしを食った気分だ。と同時に、改めて彼の心臓の鋼鉄ぶりに衝撃を受ける。これなら謝らなくてもいいかなとチラッと思ったけれど、私の方が良心の呵責に耐えられそうにない。

会計を終えた彼にレシートを渡した後、私は他にお客様がいないことを確認した上で、頭を下げた。

「昨日は言いすぎました、ごめんなさい」

私が謝ると、真家さんは驚いたように目を見開き、首を左右に振った。

「いえ、怒らせるようなことをした私に責任があります。申し訳なかった」

まさか彼からも謝られるとは思わず、今度はこっちが目を見開いた。

「決してあなたの気持ちを蔑ろにするつもりはなかったのです。でも、少しでも可能性があるなら、自分という人間を知ってもらいたい、という思いばかりが先走ってしまい……。結果、あのようなことになってしまった。薫さんが怒るのも無理はない」

「し、真家さん」

「でも、その考えは今も変わっていません。あなたに私を知ってもらい、その上で私との交際が可能かどうか考えていただきたいのです」

私の目を真っ直ぐ見つめながら、彼が真摯に気持ちを伝えてくる。その熱い瞳を見つめ返し、私の心は思案に揺れた。

結局のところ、真家さんの気持ちに変わりはなく、今のままではお互い平行線だ。

それならば。

気持ちを固めた私は、ショップカードに自分の携帯電話の番号を書いて彼に渡した。

それを受け取った真家さんは、番号をじっと見てから私を見つめる。

「薫さん、これは」

「……付き合うのは、一度だけですよ」

彼の言う通り、相手を知った上でお付き合いを断るのなら、きっと納得してもらえる。

だったら、一日一緒に行動して相手を知るのもいいかもしれない。だけど。

――本当に本当に、一度だけだから!!

そう強く目で訴える私に、真家さんの顔がぱあっと明るくなった。

「ありがとうございます！」

イケメンの満面の笑み、というのは、とんでもない威力がある。しかもそれが、自分だけに向けられたものなら尚更だろう。

――うっ……知ってたけど、本当に綺麗な顔だな……

真家さんの笑顔に怯（ひる）みつつ、「日程は、また後日でいいですか」と確認すると、真家さんは笑顔のまま頷いた。

「もちろんです。こちらから連絡します」

真家さんに受け渡しカウンターで待っていてもらい、私は急いでコーヒーの用意をする。そうしながら、真家さんと社長や姉との縁が途切れずに済んだことに、ホッとした。

テイクアウトのコーヒーを持った真家さんは、「じゃあ、連絡します」と微笑んで、颯爽と店を出て行った。

「ほんと、何考えてんだろ、あの人……」

しかし、相手を知るといっても、一体どんな会話をすればいいのだろう。

果たして場がもつのか？

つい流れで一緒に過ごす約束をしてしまったが、結局、悩みが一つ増えただけということに気づいて、二日連続、頭を抱えることになったのだった。

4

電話番号を教えた日の夜、早速、真家さんから電話がきた。

彼は自分の予定を逐一教えてくれたが、はっきり言って休みが合わない。彼の休日は当然土日だが、私の休みは平日なのだ。それを彼に伝えると、代休を取ると言ってくれた。

そうして、私の定休日である水曜日に、一緒に出かけることになった。

自分で決めたこととはいえ、真家さんと二人きりで一日過ごすなんて、どうしていいのか分からず、昨日からずっと落ち着かない。

――でも、一日一緒にいたら、真家さんも目が覚めるかも。

これを機に、交際の申し込みが白紙に戻る可能性だってある。

それを期待しつつ、私は長い髪を下ろし、ゆったりしたワイドパンツと丈の短いセーター、それにノーカラーのコートを合わせた気取らない格好で家を出た。

真家さんは家まで迎えに来ると言ってくれたけど、我が家には常に祖母がいる。真家さんの姿を見られると面倒なので、家から少し離れたコンビニで待ち合わせることにした。

コンビニの駐車場には、すでに真家さんらしき人が車の脇に立っていた。

――ええっ、真家さんもういる！

反射的に腕時計で時刻を確認した。まだ待ち合わせの時刻まで数分あったが、思わず駆け寄る。

「お待たせしま、し、た……」

呼吸を荒くして、彼に声をかけた。

「おはようございます、薫さん」

「真家さん、早いですね」

「すみません、遅れてはいけないと早く家を出たら、待ち合わせ時間より随分早く到着してしまいました」

そこで私は、今日は真家さんがスーツ姿でないことに気づく。それに、いつもと何か印象が違う気がした。

――あれ？　なんだろう、何が違うんだろう……？

真家さんの出で立ちは、白いオックスフォードシャツにグレーの薄手のセーターを重ね、黒の細身のデニムを穿いている。そして足下は、カジュアルなレザースニーカーだ。

「あっ、眼鏡がないんだ!!」

今日は、いつもかけている眼鏡がない。違和感の正体は、それだったのだ。

思ったことを口に出したら、真家さんにクスッと笑われる。

「はい。変ですか？」

「いえ、全然。っていうか……」

――むしろ綺麗な顔が強調されて、いつもより美形度がアップしてる……

「ていうか？」

「いいえ、なんでもないです。眼鏡がないのも、素敵ですね」

「薫さんの私服も素敵ですよ。エプロン姿のあなたも好きですけどね。さ、乗ってください」

そう言って、助手席のドアを開けてくれる。

どうやら、この新車ばりに光り輝いているグレーのＲＶ車が真家さんの車らしい。

来る前に洗車でもしたんだろうか……など余計なことを考えつつ、私は彼に促されるまま助手席に乗り込んだ。

「今日は、どこへ行くんですか？」

シートベルトを着けていた真家さんに尋ねる。彼は、駐車場から車を出しながら口を開いた。

「ベタですけど、映画でもどうかと思って。薫さんは、どういった映画が好きですか」

「映画……割となんでも観ます。洋画も邦画もアニメも、ジャンル問わず」

「もしよろしければ、ミニシアターに行ってみませんか。シネコンとはまた違った空間なので、私は好きなんですが」

「いいですね」

――まさかミニシアターに行くとは思わなかったけど、なかなかセンスのあるチョイス……

「緊張してます？」

「え？」

真家さんに聞かれて、何気なく彼を見る。

涼しい顔でハンドルを握る真家さんは、横顔のラインも非常に整っていた。

見れば見るほど、隙のないイケメン。

そのことに改めて気づいたら、今の今まで意識していなかったのに、にわかに緊張感が増す。

――もう、真家さんが変なこと聞くから……!!

「きっ……緊張しますよ！　なんで私が真家さんとこんなことになってるのか、いまだに理解できてませんし」

「四回も振っている相手ですしね」

楽しそうに自虐ネタをぶっ込む真家さんに、しばし頭の中が真っ白になった。そして、呆れる。

「あの……普通、四回も断られたら、もう告白しようなんて、思わないんじゃないですか」

「そうですか？」

「そうですよ！　真家さんなら、他にいくらでも素敵な女性がいるでしょうし、はっきり言って交際相手に困らないんじゃないですか？　私にこだわる理由が分かりません」

「理由は、私が薫さんに惚れているからですね。だから、こだわっています」

「だ……」

――だから、なんでそれが私なの？

しかし、その言葉を自分で言うのはなんとなく憚られる。

ぐう、と口を噤んだ私に、チラッと視線を送った真家さんは、私が呑み込んだ言葉を察したようだ。

「前にも言いましたが、私は直感を信じる方なんです」

「直感だけで人を好きになるなんて、とても信じられません」

「なりますよ。現に今、私はあなたに心を奪われていますし」

ハンドルを握ったまま、再び真家さんが私に視線を送る。その視線に思わず心臓が跳ねたが、なんとか平静を装う。

「そんな殺し文句……信じません」

「困ったな。どう言えば分かってもらえるのか」

ふっ、と困ったように笑う真家さんに、私は自分の考えを伝えた。

「そもそも、お付き合いをする時って、もう少し段階を踏むものじゃないんですか？相手の好きなところを見つけて、意識して、ときめいて……って。真家さんは、そういう段階を、全部端折ってる気がするんですけど」

「ええ、そうですね。端折りましたね」

信号待ちで車を停止させた真家さんは、そう言って私を見つめる。

「のんびり恋愛してたら、他の男に取られてしまうかもしれないのでね。こう見えて、私も結構必死なんですよ」

これまでよりワントーン低い声音で言われた内容に驚き、真家さんを見たまま固まる。

私を真顔で見つめていた真家さんが、ふと表情を緩めて視線を正面に戻した。

「そんなに固まらないでください。あなたを怖がらせたいわけじゃない。でも、私が薫さんのことを好きなのは紛れもない事実です。それだけは、どうか分かって欲しい」

信号が青に変わり、真家さんが再びアクセルを踏み込む。

「……もう、勝手にしてください……」

勝手に心臓の鼓動が速くなって、それだけ絞り出すのが精一杯だった。

――……もう、どうしたらいいのよ……

これまでの彼は、どこか軽い口調で告白してきた。だから私も、何度告白されても、心のどこかでやっぱり冗談なんじゃない？　って思っていたのだ。

でも、今の真家さんは、これまでとは全然違う、男の顔をしていた。

散々告白されて、手も握られているくせに、私は今初めて、真家さんを男の人だと意識したのだった。

その途端、彼の顔を見ることができなくなる。

――何を今更意識してんのよ……もう、なんか急に体が熱くなったんだけど。

絶対、顔が赤くなっている。これを真家さんに見られるのはマズい――

「薫さん？　もしかして怒りました？」

「……いえ」

「でも、耳が赤いんですが」

真家さんの指摘に、慌てて耳を手で押さえた。

「なっ、なんでもないです！　怒ってもいませんから！」

「そうですか。あ、もうすぐ最寄りのパーキングに着きます」

「……はい」

散々私をドキドキさせておきながら、真家さんはすっかりいつもの様子に戻っている。

――ず、ずるくない？

彼の言動に、こうもあっさり振り回されている自分に、呆れてしまった。

パーキングに車を停めると、私達は近くにあるというミニシアターに向かって歩き出す。

この辺りは近くに大きな駅もあり、土日はかなりの人で賑わう繁華街だ。でも平日の今日は、それほど人は多くない。

「真家さんの口からミニシアターという言葉が出てきたのは、なんだか意外でした」

「そうですか？　これから行くところは、ミニシアター系のフランス映画をよく上映してるんです。学生の頃初めて観て、独特な雰囲気にすっかりはまってしまいましてね。

暇を見つけては、せっせと通っていました」

「ミニシアター系のフランス映画は、いくつか観たことありますよ」

私がまだ高校生くらいの頃、姉がリビングの大きなテレビでよく映画を観ていた。それを私も、一緒に見ていた記憶がある。その中に、フランス映画もあった。

ほとんどが恋愛映画だったと思う。男女が出会い、恋をして付き合い始め、愛し合って――。だけど大抵、物語は私達の想定していない方向へと進み、結局、恋人達は別れを選んで終わるという悲恋物だった。

映画を観終わった姉が、「納得できない!!」とよく叫んでいたっけ。

――もちろん、悲恋じゃないのもたくさんあったけどね。今日観るのは、どんな話だろう。

シアターに到着して上映中の二作品の内容を確認する。

一つは恋愛もので、もう一つは映画祭で賞を取ったという感動の人生ドラマだった。

そして両方とも、フランスの作品だ。

――真家さんと恋愛ものって気まずいよね……。だったらもう一方の方が……

私の好きな方でいいと言うので、人生ドラマを選んだ。

彼は慣れた様子でチケットを二枚購入し、そのうちの一枚を私に差し出してくる。

「ありがとうございます。これ、私の分です」

チケット代を渡そうとすると、真家さんは私の手を包み込むようにしてお金を握らせる。

「お代は結構ですよ。今日は私に出させてください」

「いえ！　この前も、タクシー代を払っていただきましたし」

「それくらいなんでもありませんから。それに、今日はデートです。こう見えて私、すごく舞い上がっているんですよ。なので、私にカッコつけさせてください」

なんだか後光が差しているような神々(こうごう)しい笑顔を目の当(ま)たりにしたら、反論する気が失せてしまった。

「……わ、分かりました。その、ありがとうございます……」

これだからイケメンの笑顔は、となんとも言えない気持ちになる。

きっと彼は、私が何を言っても、お金を受け取ってくれないだろう。

仕方なく私はチケット代を引っ込め、真家さんと一緒に映画館の奥へ進んだ。

座席は二百ちょっとしかないが、平日ということもあり、予約をしなくても悠々座れるくらい空(あ)いている。

「平日に映画を観るなんて、何年ぶりだろう」

真家さんが場内を見回しながら呟く。

「私は、映画自体が久しぶりですね」

学生時代は、よく友人とシネコンに行っていたが、社会人になってからは初めてかもしれない。

私と真家さんは中央の一番後ろの席に座り、そんなことを話しながらしみじみしてしまう。

「あの、今日お休み取ってしまって大丈夫ですか？　真家さん、お忙しいんじゃ……」

「大丈夫ですよ。ちゃんと急ぎの仕事は片付けてきましたから。それに、どこかで代休を取らなくてはいけなかったので、ちょうどよかったです」

「それならいいんですけど……真家さん、企業から指名されることも多いって聞いたので」

そこで、真家さんが私の方を向いた。

「それは、誰に聞いたんです。もしかして、星名ですか？」

「え？　あ、はい。この前、事務所に行った時、星名君がそう言っていたので。なんか、すごく有能だって聞きました」

「へえ、星名がね」

急に無表情になった真家さんが、前を見たままぼそっと彼の名を口にした。

――もしかして、あんまり仲がよくないのかな……？

ちょっと不安になりつつ、私はずっと気になっていたことを尋ねた。

「真家さん、個人の依頼はあまり受けないって聞きました。それなのに、なんで姉の依頼を引き受けてくれたんですか？」

「……もちろん、元々私が担当する予定の案件だったからですよ」

なんでもないことのように言われた言葉を、素直に信じることはできなかった。

「絶対嘘です。普段、企業法務を請け負っている真家さんに、新規の離婚相談を割り振ってくるとは思えません」

「その情報も星名ですか？　薫さんは、意外と鋭いですね」

――やっぱり。

「どうしてですか？」

「あなたとの接点を作りたかったからですよ。エレベーターの中で、あなた方がうちの事務所に相談に来ると知り、戻ってすぐ担当する予定だった弁護士と交代しました。まあ、偶然にも、私の予定が空いていたからできたことですけどね」

「……そんなことだと思いました」

真家さんならやりかねないので、事実を知ってもそれほど驚かなかった。

「怒らないんですか？」

私を窺ってくる真家さんに、はあーと、ため息をついた。

「怒りませんよ。経緯はどうあれ、姉の離婚問題をきちんと解決してくれましたし。姉も、真家さんを信頼しています。その件については、私も感謝しているので」

「よかった。また薫さんに怒られるのを覚悟していました」

「私はどんなキャラなんですか……」

別に私だって、怒りたくて怒っているわけじゃない。真家さんが怒らせるようなことばかり言うからイラッとしているだけで、基本私は温厚な人間なのだ。

そんな話をしている内に、場内のライトが落ちた。

映画が始まってからは、私も真家さんも言葉を発することなく、ただ目の前の映像に没頭していった。

物語は、一人のフランス人少年が、数奇な運命に翻弄されながらも、身近な大人の助けを借りて成長していくヒューマンストーリーだ。

途中、過酷な試練が何度も少年を襲う。物語に入り込んでいた私は、その度にぎゅっと心臓を鷲掴みにされたように苦しくなった。

だけど少年は、数々の試練を乗り越え、自らの力で人生を切り開いていく。

物語は誰もが納得するハッピーエンドではなかったけれど、大人になった元少年のキラキラと輝く瞳で、観客達に希望を感じさせるいいラストだった。

ひたすら映画に見入っていた私は、エンドロールで音楽が流れた瞬間、溢れる涙を抑えることができなくなった。

——いい……いい映画だったなぁ……

まさか、こんなに泣くとは思わなかったので、我ながらびっくりした。

エンドロールの途中でポツポツと観客が帰り始める中、ハンカチで涙を拭いていた私は、ティッシュでやんわりと鼻をかんだ。その時、隣にいる真家さんがずっと私を見ていることに気がつく。

「えっ⁉ な、なんですか⁉」

「……いえ、泣いているあなたも可愛いな、と。つい見惚れてしまいました」

「ちょっ……恥ずかしいから見ないでください！」

「どうして。可愛いのに」

「どうしてもです」

しばらくしてエンドロールが終わり、場内が明るくなった。

「いい映画でしたね」

「はい……」

「薫さんの可愛い泣き顔も見られたことだし、そろそろ行きましょうか」

「……はい」

やや伏し目がちに真家さんの後ろをついて行った私は、売店で映画のパンフレットを買った。

「パンフレットですか」

「はい。姉に見せようと思って。あの人も映画が好きだから」

映画館を出た私達は、遅めのランチを取るために街へ向かう。

「ランチ、いくつか候補があるんです。フレンチ、イタリアン、カレー、定食屋……薫さんは、どこがいいですか？」

思ったよりたくさんあった選択肢の中から、私が選んだのは定食屋。

どんなところへ連れて行ってくれるのかな、と興味津々でついて行くと、かなり古い外観の定食屋に案内された。

「渋いですね」

「ここ、旨いんですよ。この街に来た時は、かなりの確率でここに寄ります」

カラカラと引き戸を開ける真家さんに続いて中に入ると、そこには懐かしい感じの、いかにも昔の大衆食堂といった風景が広がっている。

今の時刻は午後一時過ぎ。だが、店内の席の半分はお客さんで埋まっていた。

「いらっしゃいませー、こちらへどうぞ」

店員の年配の女性が、きびきびと私達を壁際の二人がけの席に案内してくれた。

お水とメニューをテーブルに置いた店員さんが去ると、真家さんが私に向かってメニューを開く。

「どれも美味しいですよ。一番人気は、鯖の味噌煮定食だったかな」

「真家さんは、もう決めたんですか？」

「私は、豚の生姜焼き定食が好きなので」

――へえ。そうなんだ。私も豚の生姜焼きは好きだけど、せっかくなら別なのがいいかな。

「えーと、じゃあ私は、一番人気の鯖の味噌煮定食にします」

「了解。すみません」

私がメニューを決めると、真家さんが素早く店員さんを呼んで注文を済ませた。

「真家さんがこういうお店を行きつけにしているのって、なんだか意外でした」

水を飲みながら思ったことを正直に言うと、彼はフッと鼻で笑う。

「昼からフレンチのコースでも食べていると思いましたか？」

私は迷うことなく、「はい」と頷く。

テーブルの上に腕を置き、真家さんが壁に貼られたメニューを眺める。

「食生活は質素ですよ。誘われなければ、フレンチやイタリアンは自分から行こうとは思いませんし。今日は、薫さんの好みが分からなかったので、評判のいいお店を、あらかじめいくつかピックアップしておいたんです」

「それは……気を使っていただいてすみません。でも私、結構なんでも大丈夫なんです」

「そうでしたか。では、今度はまた違うお店に案内しますよ。美味しいお店を、他にもいくつか知っているので」

「あ、は……」

　思わず流れで「はい」と言いそうになって、ハッとする。

——ちょっと待て、それじゃ次があるみたいじゃないの!!

「……あの、口で教えていただければ……」

　改まって言い直すと、真家さんが可笑しそうに口元を手で押さえた。

「残念。いい感じに、食事の誘いに乗ってくれそうだったのに」

「私、一度だけって言いましたよね？」

「ええ。でも、一度では満足できそうにないので、守れそうにありません。すみません」

　表情を変えないままさらりと言われて、こっちはポカンと口を開けたまま固まってしまう。

「真家さんって……いつもこんな感じで女性に接してるんですか？」

　素朴な疑問をぶつけると、真家さんは「ん？」と首を傾げた。

「こんな感じ、とは？」

「……自己中っていうか、思い込みが激しいっていうか……」

「いえ、全然。基本、女性に対しては当たり障りなく接しています」

――当たり障りなく……

「できれば私も、そんな感じで接してもらえると嬉しいかと……」

思い切って、そう提案してみる。しかし、真家さんは真面目な顔で首を横に振った。

「それは、却下です」

「きゃ、却下⁉」

「薫さんは、好きな女性なので」

再びさらっとそんなことを言ってくる彼に、私はグッと眉を寄せる。

私の反応に、真家さんは可笑しそうに笑うと、腕を組んで椅子の背に凭れた。

「自己中で、思い込みが激しいですか。自分では、割と感情を表に出さないタイプだと思っていたので、新鮮ですね」

「……ほんとですか？」

「ええ。周囲も私をそういう人間だと思っていると思いますよ」

確かに真家さんは、常に淡々としてあまり動じない印象だけど、笑ったり喜んだり、結構感情を表に出していると思う。

――あれは、私の前でだけってこと？

「……過去の恋人にもそうだった、ってことですか？」

いやいや、私だけってことはないだろう、と思って尋ねたら、何故か真家さんに嬉しそうな顔をされる。

「それは、私の過去に興味があるということですか」

「ちょっ……ちょっと聞いてみただけです」

ははは、と声に出して笑った真家さんは、ふっと私から視線を逸らした。

「どうだったかな。随分前のことなので、あまりよく覚えていないのですが……。ありのままの自分を出す前に、お別れしたように思います」

そんな真家さんの話を聞きながら、私はまだ彼の年齢すら知らないことに気がついた。

「あの……すっごい今更なんですけど、真家さんっておいくつなんですか？」

「今年で三十二になりました。薫さんは二十六か七ですよね」

「あれ？　私、年齢言いましたっけ」

「星名と同級生だと伺ったので。彼がもうすぐ二十七になると言っていました」

そうか。星名君の存在をすっかり忘れていた。

「そうですね、今、二十六です。私、早生まれなので」

「私の年齢を知ってどうですか。あなたより六歳も年上ですけど」

「どうと言われても……特には。話し方は年上っぽく感じるんですけど、顔が若く見えるので、あまり年上って感じがしないのかも」

「褒められているのか、なんだかよく分かりませんね」

クスクス笑っている真家さんを眺めていると、店員さんが定食を運んできてくれた。

私達の前に、それぞれ鯖の味噌煮定食と豚の生姜焼き定食が置かれる。すごくいい匂いが漂ってきて、食欲をそそられた。

しかも、ご飯と味噌汁の他に、お漬物とサラダに小鉢が二つもついていて、お得感たっぷりだ。

――わー、美味しそう！　それに量も結構ある。

「冷めないうちに、いただきましょうか」

「はい、いただきます」

湯気が立ち上る鯖に箸を入れ、口に運ぶ。ちょうどいい味噌の甘塩っぱさが、ご飯に合う。

「美味しい‼　一番人気なのが分かる気がします」

「よかった。よければ、こちらの生姜焼きも食べてみますか。まだ、箸をつけていないので」

「……いいんですか？　じゃあ、ちょっとだけ」

生姜焼きも気になったので、真家さんの言葉に甘えて、小さめのお肉を味見させてもらった。

「ん。これも美味しい！　味付けがとっても私好みです……!!」

「ここは、何を食べても間違いないんです」

真家さんが茶碗を持ち、美しい箸使いでご飯を食べる。

食べる姿が芸能人みたいにカッコイイので、何かのＣＭみたいだな、と思ってしまった。

――美味しいんだけど、なんか、緊張してきた……

でも食事をしていれば、なんとなく場はもつ。私は、ひたすら食事に意識を集中させた。

定食を食べ終える頃には、私のお腹は苦しいくらいの満腹状態。

「うわー、食べた……こんなにたくさんお昼食べたの、いつ以来だろう」

私より先に食べ終えていた真家さんが、不思議そうに尋ねてくる。

「いつもは、あまり食べないんですか？」

「そうですね。仕事場では、休憩の間にパパッと食べるのが常なので、一度にこんなにたくさんは食べないかな」

「じゃあこの後は、腹ごなしに少し歩きましょうか」

――あ、この後もあるんだ。

何気なく腕時計を見ると、時刻はまだ二時過ぎ。

そんなにすぐ「帰りましょう」とはならないか、と私は荷物を持って席を立つ。

バッグから財布を出そうとごそごそしていると、真家さんがあっという間に会計を済ませ、店の外に出るよう促(うなが)されてしまう。

「これ、私の……」

私の分です、とお金を渡そうとしたら、それを手のひらでぐいーと押し戻されてしまう。

「いいから。さ、行きましょうか？」

――ああ……また受け取ってもらえなかった……

「あ、ありがとうございます……ご馳走様でした、すごく美味(おい)しかったです」

「口に合ったようで、よかった」

恐縮しながら真家さんにお礼を言うと、彼は嬉しそうに口元を緩めながら引き戸に手を掛けた。

店を出た私達は、近くにある商業ビルを回ってみることに。

「この辺りには来たことがないので、なんか楽しいです」

私が普段買い物をするのは、勤務先の近くにある商業ビルや、駅ビルが多い。

だから、こうして初めて来る場所で買い物をするのはとても新鮮で、真家さんとのことを置いても純粋に楽しい。

その真家さんはといえば、すれ違う若い女性からひっきりなしに熱い視線を送られていた。

——さすがに、長身で、これだけのイケメンとくれば、目がいくよね……

真家さんに見惚れてしまう女性の気持ちが、私にも理解できるかも。

「薫さん、どこか気になるお店はありますか」

「そうですね……ああ、そこのアパレルショップに。真家さんも、行きたいところがあったら、どうぞ行ってきてください」

女の買い物に付き合わせるのは悪い気がして、気を使ったつもりだった。だけど、そんな私の提案に、真家さんは驚いた顔をする。

「私も一緒に行きますよ。別々に動いては、デートにならないでしょう」

「……いいんですか？　女物の店ですけど……」

「構いません。薫さんの好みを知ることができるわけですから、喜んでお供します」

真家さんは嫌がるどころか、堂々と女性物のアパレルショップに入っていった。

そんな彼の後ろ姿を見つめながら、私は元カレのことを思い出す。

——寛は、女の買い物には興味ないって、一緒にお店に入ろうともしなかったのに……

世の男性は、みんなそういうものなのかと思っていたけど、そうじゃない男性もいるのだな。

新鮮な驚きと共に、真家さんを追って店に入る。

このアパレルショップは、トラディショナルな服からカジュアルな服まで、割と手頃な値段で揃うので、見かける度に中に入ってしまうくらいには気に入っていた。

店内を見回すと、やはり平日なので人はまばらだ。ゆっくり見るにはちょうどいい。

——何があるかな~……

普段使いで、いい物があったら買おうかな、と思っていた私を、先を歩いていた真家さんが振り返る。

「薫さんは、普段はスカートが多いですか、それともパンツ？」

「私ですか？　そうですね……どちらかといえばパンツが多いですかね。でも、スカートも穿きますよ。たまにですけど」

「スカートを穿いた薫さんも、ぜひ見てみたいですね。というわけで、この辺りの服はどうでしょう」

真家さんが手で示したのは、いかにも清楚なお嬢様が着そうな花柄のワンピース。

——これが真家さんの好みか。

「……いや、私そういうの着ないんで……」

「まあそう言わず。薫さんに、きっと似合いますよ。なんなら、プレゼントしましょうか？」

「結構です、いりません」

力一杯ご遠慮申し上げると、真家さんがどことなく寂しそうな顔をする。

「似合いそうなのに」

「あのですね……服にも好みってものがあるでしょう!! 私は、もっとシンプルで着回しのきく服が好きなんです」

「シンプルで着回しのきく、ですか……」

ふむ、と顎に手を当て、真家さんが真剣な顔をして周囲を見回す。っていうか、なんで真剣に私の服を探しているの、この人。

「何かお探しでしょうか？」

女性の声がしてそちらを向くと、私と同年代くらいの店員さんが、ニコニコしながら私達を交互に見ていた。

「ああ、ええ、この女性の……」

店員さんと話し始めた真家さんにギョッとして、慌てて会話に割り込んだ。

「なんでもないです!! 大丈夫なので、もし何かあったら声かけますね！」

会話をぶった切った私に、店員さんは「あ、はい」と言った後、すぐに笑顔で真家さんに声をかける。

「あの……よかったら、あちらにメンズのお洋服もありますので、ぜひご覧になってください」

店員さんが頬を赤らめ、真家さんの顔をチラチラ見ながら店の奥へ誘う。

まあ確かに、真家さんは中身はちょっと変な人だけど、傍（はた）から見ればかなりのイケメンだしね。店員さんが声をかけたくなる気持ちも分かる。

しかし、ここでも彼は、その自己中心的ぶりを発揮してくれた。

「私は彼女の付き添いで来ていますので、結構です」

ばっさりと誘いを断る真家さんに、声をかけた女性が一瞬言葉を失う。

「……あ、ソウ、デスヨネ」

まるで感情のないロボットみたいな返事をして、店員さんは、無理やり笑顔を貼り付けて去って行った。

――おいおい、何をやってんだ、真家さん。

「……あの。いいんですよ、ずっと私の側にいなくても」

「いいえ。薫さんがどういった服を好まれるのか知りたいので。今後の参考にもなりますし」

無駄にキリッとした顔でそんなことを言われて、ほんの少しイラッとした。

「あのですね、ずっと側にいられると選びにくいんです。少しでいいから、向こうに行っててください」

つい口調がキツくなってしまい、すぐに、言いすぎたかも？　と後悔の気持ちが込み上げる。

気まずい思いで彼を見上げると、意外にも真家さんは楽しそうに表情を緩めていた。

「見られていると選べないだなんて、薫さんは照れ屋なのですね。そんなところも可愛らしい」

あなたの気にするところはそこなのか、とツッコみたい気持ちプラス、臆面もなく発せられる口説き文句に、じわじわと顔が熱くなった。

「だ……だから、そういうのはいいですって！」

「分かりました。では、私はあちらのソファーでお待ちしてます」

真家さんは微笑みながらそう言うと、店内の中央に置かれたソファーに歩いて行った。

――もー、本当に調子が狂うったら……

でも近くにいない今がチャンス。この隙に、さっさと選んで買っちゃおう。

着回しのできそうな服を二枚に絞り、素早くレジに持って行った。

「お支払い方法は如何なさいますか」

「カードでお願いします」

財布からカードを出そうとすると、横からにゅっと大きな手が現れて店員さんにカードを渡した。

「支払いはこちらで」

――ぎゃっ‼

急に現れた真家さんに、本気でびっくりした。

「真家さん⁉ いいですって、私、自分で払いますから」

慌てて店員さんに自分のカードを渡そうとするけれど、その手を真家さんに遮られてしまう。

「今日は全て、私が支払うと言ったでしょう」

間近から顔を覗き込まれて、うっ、と言葉に詰まる。

「そ、それは聞きましたけど……でも、これは私の私的な買い物ですし」

「ならば尚更です。今日付き合ってくれたお礼に、プレゼントさせてください」

私と会話しながらも、真家さんはさっさと支払いを済ませてしまった。

「あああ〜〜」

私の制止を笑顔でスルーして、店員さんはテキパキと服をショップバッグに入れ、カウンターを出て私に手渡してくれた。

「ありがとうございました。またお待ちしております」

「ありがとうございます……」

店員さんに会釈をして、私と真家さんは店の外に出た。

接客してくれた店員さんがこっちを見ていないのを確認してから、私は大きくため息をついた。

「真家さん、お気持ちは嬉しいんですけど、正直困ります。こんなにしていただいたら、かえって申し訳ないです」

「まあそう言わずに、受け取っていただけませんか。先ほども言った通り、今日のお礼ですから」

「そういうことを言ってるんじゃないんですよ、もうっ……」

だからといって、ここで文句を言っても、絶対丸め込まれる可能性の方が大きい。なんだか、いろいろと面倒くさくなった。

「これ、ありがとうございました。でも、もう充分なので、私にお金を使わないでくださいよ。じゃあ、今度は真家さんの番ですね。何か欲しいものはありますか？」

立ち止まり、真家さんを見上げてそう尋ねると、一瞬驚いた顔をした彼が、すぐに口角を上げて流し目を寄越してくる。

「一番欲しいのは薫さんなのですが」

「いっ……言うと思った……」

もしかしたら、そうくるかな、と思ったら本当に言われた。

呆れた様子でため息をつく私に、真家さんは可笑しそうに肩を震わせる。

「薫さん、今日一日で、すっかり私の言動に慣れましたね」

「だって真家さん、そればっかりなんですもん。けどそれ、私には逆効果ですよ」

「そうなんですか？　薫さんは、ゆっくりと愛を育みたいタイプですか」

「ま、まあ、どちらかといえば」

「では、先日の男性とは、ゆっくりと愛を育んでから、お付き合いされたんですか」

指摘されて、寛に会った時のことを思い出す。

彼と初めて会ったのは、友人に誘われて渋々参加した合コンだった。なんとなく話が合ったので連絡先を交換し、それからたまに食事に行くようになって……と、お付き合いの流れとしては、ごくごく普通だったと思う。

「そうですね。そんな感じです」

「でもお別れしましたよね。つまり、時間をかけてゆっくり愛を育んでも、相手の全てを知ることはできないということです」

痛いところを突かれ、グッと言葉に詰まった。

「……いやだって、相手が見せようとしてないんだから仕方ないと思います。それに、最初は上手くいってたんです。相手もちゃんと働いてましたし……」

「働かなくなったんですか？　いつから」

妙に食いつかれてしまい、気は進まないものの、あの頃のことを思い出しながら話す。

「付き合い出して、三ヶ月くらいだったかな。いきなり仕事を辞めてきたって言われて……」

しかもその理由が、自分の本当にやりたいことじゃない、もっと違うことがしたい、だ。

「それでも、しばらくすれば別の仕事を始めるだろうと思ってたんです。けど、そういう素振りがないまま、一ヶ月過ぎ、二ヶ月過ぎ……半年経った時、もうこの人働く気がないなって確信しました。それで、別れようと」

「薫さんは、相手に働くよう急かしたりはしなかったんですか？」

「もちろん、言いましたよ。でもその度に、のらりくらりとかわされたり、誤魔化されたりするので、別れを決めてからは言うのをやめました。そうしたら、今度は別れてくれなくて……。そっちの方が大変だったかも」

思い出すと腹が立ってくる。寛がさっさと別れてくれていれば、私だってここまで男性に対して不信感を抱かずに済んだかもしれないのに。

怒りのオーラを出し始めた私を宥めるように、真家さんが優しい声音で言った。

「時間をかけて愛を育んでも、そういう結果になることもある。だったら、直感を信じてみるのも悪くないと思いませんか?」

その言葉に真家さんを見上げると、ニコッと微笑まれた。

「……私は、やっぱり、そんな風には思えません……」

首を振る私に、それでもいいです、と真家さんは言う。

「きっかけはなんだっていいんですよ。こうして、一緒にいてくれるだけで、私は幸せですから」

「……そう、ですか……」

一緒にいて幸せだなんて、そんなの初めて言われた。

なんだか、胸がじんわりと熱くなってくる。

――なんだろ、思っていたより、一緒にいてイヤじゃない……

映画はすごくよかったし、食事も美味しかった。

心配だった会話も、真家さんが常に話を振ってくれるから、無言になって気まずくなったりもしない。洋服を買ってもらったのは想定外だったけど、なんだかんだで一緒にいて楽しかった。

彼の言う通り、真家さんといることに慣れてきたのかもしれない。

かといって、これが恋に繋がるか、というと別問題なんだけど。

それから、真家さんは特に欲しいものがないと言うので、私達は目的もなくぶらぶらと街を散策することにした。途中、オシャレな外観のカフェに立ち寄り、コーヒーとオリジナルのスイーツを味わったりしているうちに、いつの間にか夕方になっていた。

カフェを出て車を停めた駐車場へ歩いていると、真家さんから夕食に誘われる。でも私は、それを丁重(ていちょう)にお断りした。

「遠慮なんかしなくてもいいのに」

真家さんは、淡々とした口調でそう言ったけれど、そこは私も譲れない。

「いいえ、今日はもう、充分よくしていただいたので」

手のひらを彼に向け、はっきり「ＮＯ」という気持ちを伝えたら、真家さんが折れた。

「分かりました。今日のところは、これで退(ひ)きましょう。夕食はまた、別の機会に」

――やっぱり、次がある流れになっている……

これまでなら、彼のこういう話の通じなさに苛ついていた。だけど、一日一緒にいてすっかり慣れたというか、この人はこういう人だと承知済みなので、言い返さなかった。

車に乗り込み私の家に向かう途中、何故か星名君の話題になった。

「星名と薫さんは、学校では仲がよかったのですか？」

「いえ全然。たまに話す程度です」

正直、星名君の存在は、事務所で再会するまですっかり忘れていた。

「星名君は、頭のいい印象はあったんですけど、クラスの中ではそれほど目立つ存在じゃなかったんです。それに彼、野球部だったので、昔はすごく髪が短かったんですよ。だから、声をかけられた時、すぐに彼だって分かりませんでした」

「ああ、確かに。髪形の印象は大きいですすね。逆に私達は、今の星名しか知らないので、野球少年だった星名というのが気になりますけど」

「星名君って、弁護士としてはどんな感じなんですか？　本人はまだまだだって言ってましたけど」

「そうですね、物腰が柔らかく外見も爽やかなので、依頼者からの評判はいいようですよ」

「へー」

特別仲がよかったわけではないけど、同級生が頑張っているのを知るのは、やっぱり嬉しい。

「彼の父上も、とても素晴らしい弁護士でね。星名もきっと、父上のようないい弁護士になると思いますよ」

「そうなんですか。お父様も……」

――星名君、お父さんと同じ仕事に就いたんだ。きっとお父さんのこと尊敬してたんだろうな。うちとは大違いだ……

なるほどねーと頷いていると、なんとなく視線を感じて運転席の真家さんを見る。

「どうかしましたか？」

私が見た時には、すでに正面を向いていた真家さんが、真顔のまま口を開く。

「……気にしないようにしていたのですが、やはりダメですね。あなたの口から、私以外の男の名が出るのは、どうも落ち着かない」

真家さんの言葉にきょとんとする。

「……は？　何言ってるんですか、相手は星名君ですよ？」

「ええ。私も、分かってはいるんですけど……、腹の中がむずむずします」

「いやいや、星名君はただの同級生ですよ。真家さん気にしすぎです」

私が苦笑いしていると、信号待ちで車が停まった瞬間、真家さんの手が私の手に重なった。

急に触れられたので、驚いてビクッと体が大きく震えてしまう。

「なっ、なんです⁉　急にっ……」

「気にしますよ。確かに、今はただの同級生かもしれません。ですが、これから変わる可能性だってあるでしょう？　ましてや彼は、私の知らないあなたを知っているわけですし」

「知ってるって言っても、高校の三年間だけですよ⁉　それに、卒業してからは一度も連絡を取っていませんし！」

真家さんに言い返しながら、なんで自分は、彼に弁解みたいなことをしてるんだろうと、不思議な気持ちになる。

真家さんのことをなんとも思っていないのなら、彼にどう思われたっていいはずなのに。

私がはっきり、星名君とは何もない、と言ったことで、真家さんの表情にようやく安堵の色が浮かんだ。

「では、私が心配する必要はないんですね」

「ないです！　っていうか、付き合ってもいないのに、なんでこんな話になっているんですか」

「付き合っていなくても、私があなたのことを想っている事実には、変わりありませんから。それとも薫さん、私と付き合う気になりましたか？」

「……なりません」

この流れで、どうしたらそういう話になるのだろう。こっちが聞きたい。

素っ気なく返したら、ハンドルを握る真家さんが声を出して笑う。

「そう言われると思いました」

分かっているなら、聞かなければいいのに。

つくづく真家さんの考えていることが分からない。……よく分からないけど、そういうところがこの人らしいというか、彼の個性なのかもしれない。

元カレとは全然タイプが違う。

いや……それ以前に、私がこれまで知り合ったどんな男性とも違う人。

こんな変わった人と普通にお付き合いできる女性なんて、本当にいるのだろうか？

うーんと、腕組みをして考え込んでいると、真家さんが口を開いた。

「今日は、薫さんと一緒に過ごせて、とても楽しかったです。あなたはどうでしたか」

「えっ？　あ、はい。楽しかったですよ。映画もよかったし……食事も美味しかったです」

「そう言ってもらえて安心しました。実のところ、つまらなくて退屈だったと言われやしないか、ビクビクしていたんです」

「……真家さんが？」

そんなことを心配していたとは思いもしなかったので、つい運転席の彼を凝視してしまう。

「好きな女性と一緒にいて、相手の反応を気にしないなんて無理じゃないですか？　好きな人が喜んでくれると嬉しいですし、私はあなたの笑顔が見たいので。だから、今日は薫さんの笑顔がたくさん見られて、とても幸せでした」

「……そ、そう、ですか……」

　真家さんの気持ちを知り、何を言ったらいいか言葉に詰まる。でも、そんな風に思っていてくれたことに、嬉しい気持ちがじわじわと込み上げてきた。

　そこで、ハタと我に返る。

　——おかしい。なんで私、こんな気持ちになってるんだろう……

　その理由が見つからなくて、私は心の中で首を傾(かし)げる。

「もうすぐ家に到着しますよ。せっかくなので、親御さんにご挨拶(あいさつ)を……」

　自分の気持ちに戸惑っていたら、真家さんにそう声をかけられて、一気に現実に引き戻された。

「はっ⁉　挨拶(あいさつ)⁉　いえ、いいですよそんな……」

「でも、せっかくなので」

　ここにきて、話の通じなさを発揮する真家さんに、慌てて我が家の事情を説明する。

「うちは、両親が離婚してるんで母だけなんです。その母も近くにある市立病院で看護師をしているので、今夜は夜勤でいません。だから、挨拶(あいさつ)は大丈夫です‼」

　たぶん祖母は家にいるけど、じゃあ祖母に挨拶(あいさつ)を、とか言いそうなので、敢えて言わなかった。

「……そうですか。では、挨拶はまた日を改めて、お母様がいらっしゃる時に」

「そう、してください……」

──ていうか日を改めて挨拶に来る気でいるし……もう、ほんとにこの人は……

自然と皺が寄ってしまう眉間を指でこすりながら、私はなんとか気持ちを落ち着けた。

真家さんの車が家の近くで停車したので、助手席のドアに手をかける。だけど、車から降りるのを真家さんに止められた。

「少し、そのままでいてください」

「え？」

なんで？　と真家さんを目で追う。すると、先に車から降りた彼は、助手席側に回り外からドアを開けてくれた。

「さ、どうぞ」

「……ありがとうございます……」

人生で初めて、男性に車のドアを開けてもらい、変に緊張しながら外に出る。

──なんて、ジェントルマンなんだ……

「家までお送りします」

そう言って真家さんは、私にぴったり寄り添ってきた。

ちなみに説明しておくと、門から家の玄関まではほんの三メートルくらいの距離しかない。送るって、何。

「……っ、いいですって！　家すぐそこですし!!」

ぐいー、と真家さんを手で押しのけようとすると、何故か困ったような顔をされる。

「あなたが心配なんです。では、せめて、家に入るまで見ていてもいいですか」

「かっ……勝手にしてください」

そういえば、彼はこの前も、私が家に入るまでずっと見ていたことを思い出した。

――心配性なのかな？

門の真ん前に到着した私は、くるりと振り返って真家さんと向かい合う。

「今日は、楽しかったです。映画も、食事も買い物も、みんな奢ってくださって、本当に、ありがとうございました」

最初に彼に言われた通り、今日は私、映画のパンフレット以外お金を払っていない。

そのことに恐縮しつつ、深々と頭を下げる私に、真家さんが声をかけてきた。

「一つだけ、お願いがあるのですが」

――お願い？

「はい、なんでしょう」

顔を上げて、なんの気なしに返事をする。

「抱き締めてもいいですか」

「……え？」

「お別れのハグみたいなものです」

「そ……」

そんなの無理です、といつものように拒絶しようとした。しかし、今日はかなりお世話になったという意識がある。それに、目の前で優しく微笑む真家さんを見ていたら、それくらいならいいかという気になってしまった。

――ハグ……くらいなら、いっか……

「……いいですよ」

上目遣いで真家さんを見て、小さく頷いた私に、彼が一歩踏み出した。

「ありがとうございます」

では、と言うのとほぼ同時に、真家さんの腕が私の体をそっと包んだ。

「……っ！」

私が想像していたのは、スポーツマンが勝負の後に仲間や対戦相手と抱き合うような、軽いハグ。だけど真家さんは、割と強めの力で私を抱き締めてきた。

「……あ、の……」

――これって、ハグか？

すぐにも腕を振り払いたいのに、何故か言葉が出てこない。

しかも、真家さんの腕の強さと、密着した体の熱さに、彼が一人の男性であることを急激に意識させられる。すぐ近くに彼の顔があることに、妙にドキドキしてしまう。

「し、真家さんっ……」

――なんか、これ、マズい気がする……このままだと……

自分の中にある危険を察知する何かが、激しく警鐘（けいしょう）を鳴らす。

放して、という気持ちを込めて彼の背中を叩くと、彼の体がピクッと動いた。

「あの、もう……」

真家さんの腕の力が弱まり、やっとハグから解放される……と思ったら、頬に柔らかい何かが触れて、すぐに離れた。

――何……？

頬を押さえて呆然と立ち尽くす私に、真家さんは何事もなかったような顔で笑いかけてくる。

「ありがとうございました。では、おやすみなさい」

「あ、おやすみなさい……」

放心状態のまま挨拶（あいさつ）を返した私は、ふらふらと玄関に向かって歩き出す。

ドアノブに手をかけたところで何気なく振り返ると、門の向こうで私を見つめる真家さんが手を上げた。私はそれに応（こた）えることなく、素早くドアを開けて家の中に入る。

ドアに背中をくっつけたまま、そっと自分の頬に触れた。

――今のって。

ほんの一瞬、頬に感じた柔らかい感触は、どう考えても彼の唇だろう。

時間にしたらわずか数秒。だけどそれは、私の心を乱すには充分すぎる出来事だった。

激しく音を立てている胸を、手でぎゅっと押さえた私は、一目散に自分の部屋へ駆け込む。そしてそのまま、ぺたんと床に座り込んだ。

「熱い……」

頬に手を当てると、今の今までストーブに当たっていたのか、というくらい熱く火照っている。

――なんで、こんな……

真家さんの感触が一晩中消えてくれず、今夜も私は、頭を抱えて過ごすことになった。

5

「薫さん、最近何かありました？」

「……え？」

休憩室に入るや否や、小島さんにそう声をかけられた。

「いえね、なんか最近、色っぽくなったなぁって思って。もしかして薫さん、新しい彼氏でもできました？」

小島さんには、元カレとのいろいろを話していたので、ヤツと別れた私が現在フリーであることも知っている。

「い、いや、できてないけど」

小島さんの言葉に、つい動揺してしまった。

こんなに分かりやすく動揺してしまうのは、絶対真家さんのせいだ。

そんな私をじっと見ていた小島さんは、不思議そうに首を傾げる。

「本当ですかー。ほら、最近よく来るイケメンリーマン？　あの人と、何かあるんじゃないかなーって、思ってるんですけど」

意外と勘が鋭い小島さんに、内心ぎょっとする。

「あ、あの人は、家族がお世話になっていた人で……私とは、別に……」

「でも、あの人、薫さんのこと名前で呼んでますよね？　それに、薫さんを見るといつも嬉しそうにしてるし。あれは絶対、薫さんに気があるんだろうなーって」

――よく見てるな……というか、真家さんが分かりやすいのがいけない。

私は手で顔を覆い、項垂れた。

「……はぁー……うん、付き合わないかって言われてる」

私が観念してそう言うと、小島さんの顔がぱーっと明るくなった。

「やっぱり!!　イヤーーッ、薫さんすごい！　あんなイケメンに告白されるなんて!!」

キャッキャと一人盛り上がる小島さんに、こっちはどう反応したらいいのか分からない。

「いや、全然すごくないから……。ほんと、なんで私なのか、今もよく分からないし……」

げんなりしながら答えるものの、小島さんの勢いはまったく止まらない。

「あの人って、どういう方なんですか？　いつも高そうなスーツをきっちりと着こなしてて、すごいインテリっぽいですけど」

「……弁護士さんなの。元々は、姉がお世話になった人で……」

「えぇーーっ、じゃあその時に薫さんを見初めたってことですか!?　うわー、なんか素敵……!!」

何を想像したのか、両手を握ってうっとりする小島さんに、なんて声をかけたらいいのか分からない。

「でも、結構強引なとこあるし……」

「強引!?　あの見た目で強引なんて、ドキドキしちゃうじゃないですか!!　じゃあ、もうお付き合いを……」

「し……してないよ！　知り合ったばかりの人と、そんなすぐになんて付き合えないから！　元カレのこともあるし、しばらく男の人なんて懲り懲りだって思ってたのに……」

なのに、どんなにそれを説明しても、真家さんがまったく気にせずぐいぐいくるから。

こんなの、はっきり言って想定外だ。

「でも、元カレとその弁護士さんは違うんでしょ？」

小島さんに至極まっとうなことを言われて、思わず思考が止まった。

「……確かに、元カレと真家さんは違うけど……でも、今は本当にそういうのは……」

ごにょごにょと力なく否定すると、小島さんにばっさりやられる。

「それは分かりますけど、いろいろあったからこそ、早く元カレのことを忘れて、新しい恋をすべきですよ」

真家さんと同じことを小島さんにも言われてしまった。

「……そう、かなぁ」

「そうですよ。それに、あれだけのイケメンで弁護士なんて、絶対他に狙ってる女の人がいそう。向こうが付き合って欲しいって言ってるんだから、試しに付き合ってみたらいいじゃないですか」

「ええ……？」

力説する小島さんに、つい腰が引けてしまう。

「何も結婚するわけじゃないんですし、付き合ってダメだったら別れればいいんですよ！　じゃ、私は仕事に戻りますね」

「うん」

休憩室を出て行く小島さんを見送り、私は椅子に座って、はぁーと、大きなため息をついた。

確かに彼女の言う通り、もっと気楽に考えればいいのかもしれない。

――でも真家さん相手に、気楽に付き合うって無理じゃないか？

彼の嘘みたいな押しの強さの数々を思い出し、ついつい遠い目になる。

断っても断ってもめげない。まるで打たれ強いボクサーの如く、彼は何度も私に告白してきた。

あんな化け物みたいな対戦相手、普通の人なら挑戦すら避ける。

――私だって最初は避けてたはずなのに、なんで向き合おうとしてるの……

スペックや人柄は、申し分ないと思う。

いや、人の話を聞かないし、強引すぎるところはかなり引くけど……それはこの際、おいておくとして。

ちょっと前までの私は、寛のこともあって、どんな人かも分からない真家さんと付き合うなんて、ありえないと思っていた。

でも、会って話すうちに、彼のことをいい人だと思うようになっていったし、プライベートで一緒に過ごした時も、嫌じゃなかった。

これでは、真家さんの思うツボではないかと考えた瞬間、何故か頬にキスされたことを思い出してしまい、ドキッとする。

唇の感触まで鮮明に思い出してしまい、頭を抱えてジタバタと悶絶する。

しかしここは職場の休憩室。

もし今、他のスタッフがここに入ってきたら、えらいことになる。

なんとか気持ちを落ち着かせた私の中に、これだけは間違いないと思えることが浮かんできた。

それは、真家さんのことが前ほど嫌ではない、ということ。

だけど、彼と付き合いたいと思えるだけの何かが、足りない気がするのだ。

その足りない何かがなんなのか。それは自分でも分からないのだが。

「はー、頭痛い……」

こんなところで頭を抱えていたって、答えなんて出ないのだけど。

自分のことなのに、どうしていいか分からなくて、正直頭がパンクしそうだった。

その後、怒濤のランチタイムを乗り切り、ようやく穏やかな時間が流れ始めた午後。

店に真家さんが現れた。

ちょうどカウンターで接客をしていた私は、真家さんの姿を視界に捉えた瞬間、ドキッと心臓を跳ねさせる。

明らかに、自分の反応が変わっていることにも驚いたけど、真家さんが来てくれたことを嬉しいと思っている自分に衝撃を受けた。

「い、いらっしゃいませ」

カウンターで真家さんを迎えた私は、いつもと変わらぬ営業スマイルを浮かべた……つもりだ。対する真家さんは、私の顔を見た瞬間、分かりやすく頬を緩めて、優しく微笑んでくる。

――イケメンの笑顔が、今日はいつになく眩しく見える……

思わず目を細めてしまいそうになるが、ハッと我に返る。

「先日はお付き合いいただき、ありがとうございました。とても楽しかったです」

「いえ、そんな……。こちらこそ、楽しかったです」

カウンター越しに会釈を交わす。彼につられて緩みそうになる顔を、なんとか営業モードで抑え込む。

「今日は何になさいますか？　いつものブレンド？」

「ええ、マイボトルにブレンドをお願いします。それから、カフェラテを三つとブレンドを二つ、全てトールサイズのテイクアウトで」

「かしこまりました」

電子マネーで会計を済ませた彼に、レシートを渡す。ちょうどそこで、店に女性が入ってきた。その女性は、カツカツとヒールの音を響かせながら真家さんの隣まで来ると、自然な動きで彼の腕に手をかける。

「あっ、会計済んじゃったの⁉ 私も奢ってもらおうと思ったのに」

ロングヘアにキリッとした顔立ちの美人が、残念そうに言った。彼女は、細身の体にベージュのトレンチコートを着て、肩から重たそうなバッグをかけている。

かっちりした外見の印象と、彼に対する親しげな態度からして、事務所の同僚なのかもしれない。

「今からでもいいですよ。なんにしますか」

真家さんにそう言われた女性が笑顔になり、彼の前ににゅっと体を割り込ませる。

「そうね……じゃあ、ソイラテをグランデで」

「すみません、薫さん。もう一つ追加していただけますか」

「はい、ありがとうございます」

再び会計をした真家さんを、受け取りカウンターに促す。何か私に言いたそうにしていた真家さんだけど、隣にいる女性を憚ってか、何も言ってこなかった。
テイクアウトのドリンクを待っている間、真家さんと女性はずっと何か話していた。
ぴったりと彼に寄り添い、時折、笑いながら彼の背中を叩いたりする女性に、何故か
お腹の辺りがモヤモヤしてくる。
――なんかあの人、やたらと真家さんに触ってない……？
女性の態度を、どこかあざとく感じてしまうのは、私の見方が捻くれているからだろ
うか？
カウンターで接客をする私は、何故か二人のやり取りが気になって仕方がなかった。
そうこうする間に、他のスタッフからテイクアウトのドリンクを受け取った真家さん
は、私に会釈をしつつ女性と一緒に店を出て行った。
――あー、行っちゃった……
真家さんとあまり話せなかったことを残念に思っている自分に気づき、あれっ？　と
なる。
別に話したいことがあったわけじゃないのに、なんでこんなことを思うのか。
そこで、さっきの小島さんとの会話が脳内に蘇る。
『でも、元カレとその弁護士さんは違うんでしょ？』
確かに真家さんは強引で人の話を聞かないけど、寛とは違うと知っている。私は、恋

愛や男の人から遠ざかろうとする理由が寛にあるなら、彼は大丈夫ということになるんじゃないか？

それに、一緒にいて嫌じゃないということは、よく知らないとお付き合いできないという部分も、クリアしているのでは……

これらを総合した結果、私は彼のことが好きなのだ、という結論に達した。

その事実に気づいた瞬間、体の毛穴という毛穴からぶわっと汗が噴き出す。

――嘘っ！　私、真家さんのこと、好きになってるの……⁉

恋をすると、人生がぱーっと華やかになる、というのは聞いたことがある。だが今の私は、恋を自覚した途端、自分のあまりのチョロさに激しく落ち込んだ。

あんなに、今は無理とか、直感で恋をするなんてありえない、とか言ってたくせに。

あっさり気持ちを動かされてしまった自分が、無性に恥ずかしい。

でも彼のことが気になっているのは紛れもない事実で……

現に、一緒にいた女性のことが気になって気になって仕方がなかった。

――ああ、もうっ！　一体どうしろっていうのよ～～……

あんなに何度も断っておきながら、今更どんな顔をして「好き」だなんて言えるのだ。

今後のことを考えるほど、気が重くなってくる。

勤務中だというのに、頭を抱えて逃げ出したい衝動に駆られた。

私はそれをぐっと堪（こら）えながら、必死に業務をこなし続けるのだった。

真家さんへの気持ちを自覚してしまった私。

それ以来、本当にこれは恋なのかと、何度も自問自答を繰り返す。

でも、考えれば考えるほど、彼に恋をしてしまったとしか思えなかった。

ためしに、真家さんの好きなところと嫌いなところを紙に書き出してみたら、見事に好きと嫌いが拮抗（きっこう）している。それでも、わずかに好きなところの方が多かった。

たぶん、これまでは嫌いなところの方が多かったんだろう。だけど、一緒にいる時間が増えたことで彼のいいところが見えてきて、結果、好きになってしまったという……

『私のことをよく知れば、可能性はあるということですか』

以前、彼に言われたことを思い出した私は、盛大にため息をつく。

――結局、真家さんの言った通りになったってことじゃん。

今更、好きになりましたなんて言ったら、真家さんどう思うだろう。チョロい女だって思って興味をなくしたりとか……

考えただけで、気持ちが沈んでくる。それに、彼の私に対する気持ちについては、いまだに信じられない部分の方が多かった。

考えれば考えるほどドツボにハマってしまい、いっそ気持ちなど伝えない方がいいのではないかという気分になってくる。

だけど、それじゃ何も変わらない。

やっぱり、ここは腹を括り、きちんと気持ちを伝えて当たって砕けた方がスッキリするのでは……と、部屋のベッドの上でクッションを抱えてジタバタする。

そのままの勢いでごろんと寝っ転がった私は、天井を見つめ真家さんの顔を思い浮かべた。

「会いたいな……」

ここ数日、真家さんに会えていない。

――彼に会うことができたら、何か状況が変わるかもしれないのに……

そう思いながら、彼がいつ店に来てもいいように意識して過ごしていたのに、会いたいと思う時に限って、真家さんはなかなかお店に現れないわけで……

忙しいのかなー、と思いながら時間だけが過ぎ、最後に会ってから一週間が経過した。

その日も、日が暮れ始めた頃に業務を終え、私は店の通用口から外に出る。

しかし、歩き出してすぐ、私の目の前に一人の男性が立ち塞がった。

「薫!!」

元カレの寛だった。

彼を見た瞬間、私の中で引き潮のようにさーっと感情が冷めていく。

「また来たの？　この間、もう来ないでって言ったよね……」

「だって、話が終わってないだろ。俺はまだお前のことが好きだから、やり直したいんだよ。頼む……もう一度、考え直してくれ」

――また、それ。

別れる時、何度も何度も無理だって説明したのに、同じことを繰り返すつもりか？　この人は結局、前に進もうという気がないのだな。

「悪いけど、あなたに対する気持ちは、もう完全に冷めてるから。付き合うことはできません」

きっぱり断ると、寛の顔が苦痛に歪む。

「そんな……。じゃあ、俺の気持ちはどうなるんだよ！」

知らないよ、と思う。

下手に優しくしたら、絶対にまた付け込まれる。ここは、毅然と対峙しなければ。

「本当に、もう無理だから」

彼の目を見て断言したら、悲しげだった彼の顔が怒りに変化していく。

「この間の、あの男のせいか！」

「は……？」

寛に言われ、あの日のことを思い出す。

——そうだった。真家さんが、私を恋人だって言ってくれて……

そんな場合じゃないのは分かっているのに、自然と顔に熱が集まってくる。

そして、私の表情から何かを感じ取った寛が、みるみる不機嫌になった。

「なんなんだよお前！　俺と別れてからまだそんなに経ってないのに……なんでそんなことができんだよ‼」

寛の勢いに圧倒されそうになるけど、負けるわけにはいかない。

「なんでって、仕方ないじゃない。そういう人に、巡り会っちゃったんだから！」

この前は真家さんの機転に乗っかっただけだけど、今は本当に彼のことが好きだ。だからこの言葉は、嘘じゃない。

そう思って、真っ直ぐ寛を睨んでいると、何故か急に寛の頬が緩み、笑顔になる。

「ははーん、分かったぞ。お前、常連客かなんか掴まえて、恋人のふりしてもらったんだろ？」

「はっ⁉」

鋭いところを突いてきた寛に、心臓がどくんと音を立てた。

「そうだよな！　あんな奥手そうなリーマンが、これまた奥手な薫に告ったりとかないだろ。なーんだ、そういうことか」

——ん？　奥手なリーマン……？

「……奥手なリーマン？　真家さんが⁉」

寛には、あの人が奥手に見えるのか？

鋭いと思ったけど、そうでもなかったみたいだ。

「お前も、大人しそうな男掴まえて嘘つかせるとか、相手に悪いと思わないのかよ」

「いや、嘘ついてないし。それにあの人、奥手なんかじゃないから……」

――奥手どころか、ガンガン迫られてますけど……

しかし寛は、構わず「だよなー」と自分の言葉に一人で納得しているようだった。

「ちょっと、勝手に決めつけないでよ。私、あの人とほ……本当に、付き合っ……」

はっきり言った方がいいのは分かっているけど、やはり嘘をつくのは心苦しくて、すらすら言葉が出てこなくなってしまう。そんな私を見て、寛はケラケラと笑った。

「まあまあ、もういいって。そこまでして俺に罰を与えなくても、分かってるからさぁ！　もうお前に金借りたりしないし、ちゃんと働くから、だから……」

「薫さん？」

その時、第三者の声が路地に響く。

ハッとして声のした方を見ると、ずっと会いたいと思っていた人がいた。

「真家さん……」

一瞬で状況を察したらしい真家さんが、真顔でつかつかと私達に歩み寄ってくる。

「また、あなたですか？」

さりげなく私を庇う位置に立った真家さんが、寛に冷たい視線を向けた。

「あんたこそ、なんでここに……あ、もしかして、薫のストーカーか⁉」

「面白い冗談ですね。それはご自分のことでしょう？」

「……ハァァ⁉」

真家さんに淡々と嫌味を言われた寛の顔が、みるみる怒りで赤くなっていく。

「薫さんに用があるのなら、今後は私を通していただけますか？」

そう言って真家さんは、真正面から寛と対峙する。

寛の身長は、確か百七十五センチくらいあったはずだ。だけど、こうして見ると、明らかに真家さんの方が背が高かった。何より、迫力の違いが歴然だった。

じわじわと、寛の表情に焦りが滲み始める。

「あんた、本当に薫と付き合ってるのかよ……っ」

「まだ疑ってるんですか？」

「当たり前だろ‼　今だって、薫のことさん付けで呼んでたし」

「彼女を『薫』と呼ぶのは、二人の時だけと決めているのでね。外ではさん付けなんですよ」

しれっと返す真家さんに、寛が悔しそうに唇を噛む。

「お……俺は信じないからな！　本当に付き合ってるって言うなら、証拠を見せろ、証拠を！」

真家さんに食ってかかる寛に、さすがに私も黙っていられなくなった。思わず真家さんの前に出て、寛を睨み付ける。

「ちょっと、いい加減にしてよ。なんであんたに証拠なんて見せる必要が……」

その時、いきなり背後から真家さんの手が伸びてきて、強引に体を反転させられた。

「なっ！　真家さん、何を……」

驚く私の耳元に、真家さんが顔を寄せてくる。

(後でいくらでも謝罪します。失礼します)

――は？　謝罪って……

思わずそう尋ねようとした私の口を、顔を近づけてきた真家さんの唇に塞がれた。

「――っ⁉」

突然のことに、私の思考が置いてきぼりをくらう。

私の腰に巻き付く大きな熱い手は真家さんのもの。

超ドアップの美しい顔と、私に触れる熱い唇も真家さんの……

その事実を頭が理解した途端、ぶわっと羞恥心が湧き出てきた。

「……んっ‼」

状況に耐え切れず、彼の胸を手のひらで叩く。だけど、真家さんはキスをやめるどころか、唇の間から舌を入れ、私のそれに絡めてきた。

頬に手を添えられ、時折熱い吐息を漏らしながら私の唇を貪る。情熱的なキスにすっかりされるがままの私は、いつしか彼の服をしっかりと掴んでいた。

私を翻弄する舌の動きと抱き締める腕の強さに、ドキドキしすぎた心臓が飛び出しそうになる。

ついでに、腰も抜けそうだ。

「お……おい!! 何やってんだよ!!」

その時、切羽詰まったような寛の声が聞こえてきて、ようやく真家さんの唇が離れた。

力の入らない私の腰を抱いたまま、真家さんが寛に微笑みかける。

「証拠を見せろと仰ったのは、あなたでしょう。これで納得していただけましたか」

寛は呆気にとられたように真家さんを見つめた。

「証拠って……おい、薫!! 本当にこいつと付き合ってるのか」

こっちにお鉢が回ってきたけど、キスの衝撃でまだ頭がぼうっとしている私は、答えるどころではない。

「そんなこと聞かずとも、見ればお分かりでしょう」

代わりに答えた真家さんは、私の体をぎゅっと抱き締め、愛おしそうに頭を撫でると額にチュッとキスをしてきた。

「薫さんのことは私が一生掛けて愛し抜きますので、どうぞご心配なく」

真家さんのダメ押しに、さすがにそれまで強気だった寛の表情が一変した。

「マジか……」

そう言って、寛が悲しそうな顔で私を見てくる。

しかし、何も言わない私に諦めたのか、大きなため息をついてとぼとぼと去って行った。

背中を丸めるその姿には、私が好きだった彼の面影など微塵もない。それがほんの少しだけ、寂しかった。

「もう、大丈夫そうですね」

寛の姿が視界から消えたところで、真家さんが口を開いた。

途端に、さっきの出来事を思い出した私は、ハッと身を強張らせる。と同時に、一時忘れていた恥ずかしさが蘇ってきた。

「しっ、真家さん！　さっきの、なんでっ……」

慌て始める私の腰から手を放し、少し距離を開けた真家さんが頭を下げてくる。

「いきなり無礼なことをして、申し訳ありませんでした。彼を納得させるには、ああするのが最善だと思ったもので」

まったく悪びれる様子もなく、真家さんは淡々と説明してきた。

「う……嘘！　真家さんなら、もっと違う方法だって思いついたはずでしょう。なのに、な、なんで、キス……」

しかも、舌まで入れる必要があったのか⁉　なんて、さすがに言えなかったけど。

「確かに、あの場を乗り切る方法なら、他にいくらでもありました。けれど、あれが一番手っ取り早く効果的だったので。実際、相当ショックを受けていたでしょう？」

ははは、と軽やかに笑う真家さんに、反論する気すら起きない。

「これでまだ薫さんの前に現れるようなら、彼は鉄の心臓を持っているか、よほどの馬鹿かのどちらかですね」

「はぁ……、何を言って……」

そう言うなり、私はその場にぺたんと座り込んでしまった。

「薫さん、大丈夫ですか」

「大丈夫じゃないですよ、もう……」

寛を追い返せてホッとしているのに、予期せぬ真家さんとのキスに動揺して、どんな顔をしていいか分からない。

私がうずくまったままでいると、真家さんが地面に片膝をついて、私と目線を合わせてきた。

「そんな蕩けたような顔をされると、私に都合よく解釈してしまいそうになりますね」

「……都合よくって？」

「あなたが、私とのキスを嫌がっていない、と」

その低い声に、ズクンと下腹部が疼いた。

「あれを、私が嫌がっていないと思うんですか……」

真家さんから顔を逸らして呟く。

心臓がドクドクとうるさいくらいに脈打っていた。

私が黙っていると、真家さんが静かに口を開く。

「……もし違うのであれば、先ほどのことは本当に申し訳……」

「違いません」

そう言って、目の前の真家さんを見る。彼は、珍しく驚いたような顔をしていた。

ここ数日、彼への気持ちをどうするか、散々悩んだ。あれだけ拒否してきた手前、今更好きだと言うなんて虫がよすぎるかも、とか、告白しない方がいいのではないかとすら思った。

でも今、自分の気持ちを自覚して初めて真家さんに会ったら、彼への気持ちが溢れて止まらない。

私はやっぱりこの人のことが好きだ。

彼にも見透かされてしまった状況では、もう自分の気持ちを見て見ぬ振りはできない。

「しっ……真家さんのせいですよ!! 会う度に、好きだとか、惚れたとか言ってきて……私は、付き合えないって言ってるのに、何度も何度もっ! ホント、ど……どうしてくれるんですか!! 恋なんて、したくなかったのに……」

――こんなの、ただの逆ギレだ。

この人のことを好きになるつもりなんて、まったくなかった。なのに、なんでこんなことになってしまったのか……

自分でもよく分からない。

でも、真家さんのことが好きなのだ。

私のこの気持ちは、それ以外の言葉では説明ができない。

「薫さん」

真家さんが、私の顔を覗き込んできた。

「もう……こんな予定じゃなかったのに……」

私は片手で額(ひたい)を押さえて項垂(うなだ)れる。その手を、真家さんの大きな手に掴まれた。

「私は、あなたは必ず私の恋人になると思っていたので、驚きませんよ」

真家さんの言葉に、思わず顔を上げて彼を見る。

「……何回も断ったのに?」

「ええ。断られすぎて四回目以降は、数えるのをやめましたが、それだけは確信していました」

真家さんは私の手に自分の手を重ね、指を絡めて握ってくる。

「私の勘はよく当たるんです」

そう言って微笑んだ彼は、もう片方の手で乱れた私の前髪を直してくれた。

「ところで薫さん。この後、何かご予定は？」

「特に……予定はありませんけど」

するといきなり、真家さんが私の手を掴んだまま立ち上がった。

「行きましょう」

「えっ？　ど、どこへ？」

わけが分からないまま、私もよろよろと立ち上がる。

「ホテルです」

真家さんが、私の手を強く握って、きっぱりと言い切った。

これには、さすがに私も驚いて目を見開く。

「えっ、ホ、ホテ……っ？　ちょっと待って、なんで……」

「決まってるでしょう。あなたが欲しいからです。両思いだと分かった今、もう遠慮はしません。今すぐ、あなたを抱きたい」

ストレートな殺し文句に、ずくんと腰が疼く。しかも熱の籠もった瞳で見つめられると、彼が私を欲していることが見て取れて、再び心臓がドキドキと高鳴り出す。

いきなりの展開に混乱はしているけど、私も……彼が欲しい。

今は流されてもいい。そう思えるから、思い切って頷くと、すぐに真家さんが口を開いた。

「では行きましょう」

真家さんは大通りに出てタクシーを停め、ここから一番近いシティホテルの名をドライバーさんに告げる。

私も真家さんも何も言葉を発さず、ただ窓の外の景色を眺めていた。でも手だけはずっと繋いだままでいる。

これから真家さんとセックスするのかと思うと、緊張しすぎて口から心臓が飛び出しそうだ。だけど、不思議と私の中には、彼と別れて一人家に帰るという選択肢はなかった。

――ていうか、帰りたくないし……

ドキドキしているうちに目的地のホテルに到着し、彼は私をロビーのソファーに座らせると、テキパキとチェックインを済ませた。

手慣れてるなぁと感心しながら促されるまま、部屋に移動する。

真家さんに続いて中に入ると、部屋の中央にあるダブルサイズのベッドが目に入ってきた。

その途端、一気に緊張が高まってくる。

――えっと……すぐに、するのかな……

ドキドキしながら真家さんを窺うと、思っていたより彼は冷静だった。

「薫さんは、夕食まだですよね？　何かルームサービスでも頼みますか」

持っていたバッグを置きジャケットを脱いだ真家さんが、私に尋ねてくる。

てっきり部屋に入ったらすぐ、そういうことを致すのだと思っていた自分が恥ずかしくなった。

「……いえ、お昼を食べた時間が遅かったので、まだそんなにお腹は空いていないです……」

真家さんに倣い上着を脱いで椅子の背にかけると、背後に真家さんの気配を感じた。

「薫さん」

名前を呼ばれてビクッと体が震える。真家さんの手が私の肩を掴み、彼の方に体を向けられた。

「あ、あの……シャワーとか」

「どうせ汗をかくんですから、後でいいです」

じっと私を見つめる彼の視線が恥ずかしくて、直視できない。

経験がないわけでもないのに、なんでこんなに緊張してるんだろう。

俯（うつむ）く私の頬に、真家さんの手が触れた。

ただ触れただけなのに、心臓が更にドキドキして呼吸が浅くなる。

「そんなに固くならないで。リラックスしてください」

「む、無理です！」

――こんな状況でリラックスなんか、できないよ！

思わず言い返したら、ふふ、と笑う声が聞こえる。

「そんな反応も可愛いですね」

言うと同時に、私の体がフワリと浮いた。

「わわッ!!」

いきなりお姫様抱っこで持ち上げられて、思わず彼の首に両手でしがみついた。

「ちょっ……真家さんいきなり何……」

「何って、私にとって薫さんはお姫様ですから。ベッドに運んで差し上げようと」

「運ぶって、ベッドすぐ後ろじゃないですか」

「まあ、そう言わず」

にこにこ顔の真家さんは抱き上げた私を優しくベッドに寝かせて、その上に膝立ちになった。

眼鏡を外してサイドテーブルに置き、ネクタイを緩めながら私を見下ろしてくる。今まで見たことない真家さんのエロスに、痛いくらいに心臓が高鳴っていた。

——所作が……っ、所作がいちいちエロい……!!

彼の視線に耐えかねて顔を覆い隠そうとした手を、真家さんに掴まれてしまう。

「白くて綺麗な手だ。白魚のような、という表現はあなたの手に使うべきですね」

口元に引き寄せた手のひらにチュッとキスをしながら、真家さんの視線は私を捉えて放さない。

このまま彼に見つめられ続けたら、どうにかなってしまいそうで怖くなる。

「……やだ、もう見ないでください」

ふいっと横を向いて真家さんの視線から逃れようとすると、ベッドに手を縫いとめられた。

「薫さん」

息を呑んで、私を組み敷く真家さんを見上げる。数秒見つめ合ってから、彼は勢いよく唇を塞いできた。

「……っ！」

強めに押し付けられた唇に、体がキュッと縮こまる。

そんな私の反応を気遣ってか、彼の唇が私の唇を食みながら離れた。

「嫌ですか?」

見つめられ優しい声音で囁かれる。咄嗟に首を横に振ると、彼は安心したように再び唇を重ねてきた。

優しく触れる唇の柔らかさに、どくどくと激しく心臓が脈打つのを感じる。

掴まれていない方の手で彼のシャツの袖を掴むと、真家さんの舌が唇の隙間から入ってきた。

「……ん、うっ……」

私の口の中で蠢く厚い舌が、口腔を余すところなく犯していく。戸惑いながらも、それに自分の舌を絡めると、彼は私の舌を丹念に舐り始めた。

舌を吸われているうちに口の中に唾液が溢れ、くちゅ、という水音が頭に響いてくる。

——気持ちいい……真家さんキス上手い……

キスだけで蕩けそうになっていると、唇を離した真家さんが私の耳の近くでぼそっと囁いた。

「トロンとした顔もすごく可愛い」

低く少しだけ嬉しそうなその声に、お腹の奥がきゅんと疼く。

「っ……」

「これ、脱がせますね」

そう言って、真家さんは私のセーターの裾を掴み、下に着ていた長袖のTシャツごと頭から抜き取った。

上半身をブラ一枚にされて羞恥に悶えていると、真家さんの唇が首筋に吸い付いてきた。

「んっ……」

ちゅ、ちゅと音を立てながらキスが首筋から胸へと移動していく。その間に、彼の長い指がブラジャーの隙間から中に忍び込み先端に触れた。

「あ……っ」

「硬くなってますね」

指でブラジャーをずらされ、乳房の中心で硬くなっている先端が彼の目の前に現れる。

真家さんはそれをじっと見つめながら、指の腹で優しく撫で始めた。その優しすぎるタッチがもどかしく、くすぐったい。

「あんっ、や……っ……」

身を震わせて悶えていると、真家さんの顔が近づく。

「薫さんはどう触られるのが好きですか？　優しくされるのと……」

喋りながら、彼の指が優しく乳輪をなぞるように円を描いた。

「は、あ……っ……」

くすぐったさに小さく身を捩ると、彼が目を細める。

「それとも、もっと強く？」

「あっ!!」

指の腹でキュッと強く先端を摘まれて、反射的に腰が浮いた。

「ふむ……どちらもお好みのようですね。……薫さんは、非常に感度がいい」

そう言いながら、真家さんが胸の先端に舌を這わす。たちまち、ビリビリと電気のような刺激が私を襲った。

「やあっ……んんっ……!!」

腰をくねらせて刺激から逃れようとするけれど、しっかりと体を押さえ込まれ身動きができない。そのまま執拗に胸の先を舌で舐られ、私は彼の下で悶え続けた。

いつのまにかブラが脱がされ、舐められていない方の胸を大きな手で捏ねられる。絶えず与えられる快感のせいで、自分の股間が早くも潤み始めているのが分かった。

――やだ、胸への刺激だけでもう……

目をぎゅっと閉じて無意識に脚をすり合わせる。すると、胸を嬲るのをやめた彼がおもむろに上体を起こした。そして、私の穿いていたパンツのボタンを外し、あっという間にショーツと一緒に脚から抜き去ってしまう。

「あっ……」

恥じ入る暇もないまま、真家さんは私の脚を大きく広げ、その間に自分の体を割り込ませた。

「や、ちょっと、待って」

「待たない」

焦る私にニヤリと笑い、真家さんは私の股間に顔を埋(うず)めてくる。

「あ……っ、あ、やあ……っ」

彼は躊躇(ためら)うことなく舌を差し込み、襞の奥にある蕾(つぼみ)をツンと舌先でノックした。そこに触れられただけで強い快感が走り、自然と腰が揺れてしまう。

「んんっ!!」

「……薫さんのここは、綺麗な紅梅色ですね……」

指で襞を捲(めく)り、観察でもするみたいにじっくり眺められた。そんなことをされたことのない私は、恥ずかしくて死にたくなる。

「もう、いやっ……そんなとこ、見ないでっ……」

涙声で股間にある彼の頭を手で押しのけようとすると、顔を上げた真家さんが申し訳なさそうに笑う。

「それは逆効果ですよ。男は、嫌がられると却(かえ)って興奮するんです。それに……あなたのここも、溢（あふ）れてきましたね」

そう言うなり、彼の指が濡れそぼった蜜口に入れられる。なんの躊躇（ためら）いもなくするりと彼の指を呑み込んだそこは、指が出し入れされる度にグジュグジュと厭（いや）らしい音を立てた。

「や……！」

「ああ、薫さん。私の指でこんなに感じてくれるなんて……幸せすぎて、おかしくなってしまいそうだ」

差し込まれた指が優しく、絶妙なタッチで膣壁を擦る。

正直言って、これまで手でされて気持ちいいなんて思ったことがなかったけど、彼の触り方は違う。気持ちよすぎて、このままでは、私だけイッてしまう――そう思った。そんなうっすらと目を開けると、ジャケットを脱いだだけの真家さんが目に入った。

彼が、全裸の私の股間に顔を埋（うず）めている。

そのあまりに卑猥（ひわい）な状況に、ぞくっと感じてしまった。

私の太股を掴んだ真家さんが、襞の奥にねっとりと舌を這（は）わせ、ジュルジュルと音を立てて強く蕾（つぼみ）を吸い上げた。

「やっ……もうダメ、ですっ……私……あっ」

一際大きな刺激に、私の腰がびくんと大きく揺れた。

息を荒らげながら、震える手を伸ばして真家さんの頭に触れる。

「イきそう？　なら……このままイッて？」

彼に、動きを止める気配はまったくない。それどころか、真家さんは股間に顔を埋めたまま、指を出し入れする速度を上げてきた。

明らかに、中から溢れてくるものが増え、指の動きが更に滑らかになる。それに伴い、体の奥から大きな快感がせり上がってきた。

もう自分の体を、自分で制御できない。

「……ん、んんっ――――！」

大きく膨らんだ風船が割れたように、体の中で極限まで高まった快感がパチンと弾け、一気に脱力した。

「あっ、は……あ……」

体中から力が抜け、くったりとベッドに沈み込んだ。

「上手にイけましたね」

私から指を引き抜いた彼は、口元を拭いつつ濡れた指をペロリと舐める。

まだ、きちんとした格好でいる真家さんがそんなことをすると、すごくいけないことをしているような気がしてたまらなくなった。

それに、さっきから私ばかりが攻められている状況に納得ができない。

「……っ、私ばっかり、ず、ずるいです……真家さんも脱いでくださいっ……」

「では、お言葉に甘えて」

そう言うなり、真家さんはなんの躊躇(ためら)いもなく、身に着けているものを脱ぎ捨てていく。

オレンジ色の間接照明に浮かび上がった彼の裸体は、意外といっては失礼だけど、かなり引き締まっている。

それどころか、筋肉が隆起していて、まるでギリシャ彫刻のように美しかった。

彼の裸体を目の当(ま)たりにした私は、しばし言葉を失いその体に見惚れた。

――うわ……真家さんの体、すご……

ドキドキしながら見つめていると、彼がベッドサイドに置いた鞄から何かを取り出し枕元に置いた。何かと思って見てみると、どうやら避妊具らしい。

――ちゃんと、用意してくれてたんだ。

そのことに、ちょっと安心感を抱(いだ)いた。

「どこを見てるんです？」

避妊具に気を取られているうちに、真家さんが再びベッドに私を組み敷いてきた。

「……いえ、別に……」

つい言葉を濁(にご)すと、真家さんは私の頬にかかった髪を指で避ける。

「薫さん、好きです」

真家さんの綺麗な瞳に見つめられ愛を囁かれる。

なんだか、間近から覗き込む、彼の瞳に吸い込まれてしまいそうだ。

「……私も、好きです……」

私の言葉に、真家さんがうっすらと笑みを浮かべる。

「ありがとう。でも……きっと私の方が、何倍もあなたのことを好きですよ」

私の頬に手を添え、彼がちゅうっと私の唇を吸う。

――そうかな、本当にそうだったら……嬉しいな……

キスが気持ちよくて、彼の後頭部に手を添えてもっと、とせがむ。彼はそれに快く応えて、何度も何度もキスをしてくれた。

啄んだり、吸ったり、軽く舌を絡めて甘噛みしたり……

「はっ……ぁ……」

繰り返されるキスだけで、下腹部がジンと痺れて、また蜜が溢れてくる。

さっき一度達したのに、もうこんなになってしまう自分に驚いた。

キスをしながら、真家さんの長い指が私の乳房を包み、形が変わるくらい強く揉んでくる。

時々先端を指で引っ掻くように刺激されると、ビクッと体が震えた。

「……薫さん、あなたはとても感じやすいんですね。ここが、もう……」

彼の手が私の股間へと伸び、長い指がスルリと蜜口の中へ入れられる。蜜を湛え、すっかり準備の整っているそこは、彼が指を動かす度に水音を奏でた。

「……っ……やだ、言わないで……」

「何故。素敵ですよ。それに……興奮します」

舌を出してキスをせがむ真家さんに応え、私は舌を絡めつつ彼の唇を受け入れる。

彼の背中に手を回し、ぐっと自分に引き寄せると、真家さんの口から堪えるような声が漏れ出す。

「薫さん……っ、あなたの中に入ってもいいですか」

それに、私は小さく、けれどはっきりと頷いた。

「……きて……」

真家さんは私の唇に短いキスをすると、体を起こし枕元の避妊具を取る。そして、猛々しくそそり立つ屹立に、手早くそれを装着して私に覆い被さってきた。

「挿れますよ」

蜜口に押し付けられた彼のものが、予想外に大きくて息を呑む。

「真家さんっ……あの……あっ……」

宛がわれたそれは、止まることなくゆっくりと奥へ沈み込み、圧倒的な質量で私の中を満たしていった。

「……ん、は……っ……」

久しぶりの感覚におののき、浅い呼吸を繰り返す。

私の腰を掴みグッと屹立を押し込んだ真家さんは、乱れた髪を掻き上げてハアッと熱い息を吐き出した。

「……薫さんの中、狭くて温かくて、すごく気持ちいいです」

「……だから、そういうの、言わないで……」

「そうでした。あなたは、恥ずかしがり屋さんでしたね。……じゃあ、動きます」

そう言われて身構えようとする。でも、彼が動き出す方が早かった。

「あっ！　あっ……あん！」

いきなり奥を突き上げられる。体が大きく揺さぶられるのと同時に、私の口から声が漏れた。

真家さんは奥を攻めながら、少しずつ角度を変え、私の気持ちいいところを探っているようだった。だけど私は、真家さんと繋がっているという状況だけで、もういっぱいいっぱいで、どこが気持ちいいとか、頭で考える余裕などまったくない。

「あんっ、あ……あっ……！」

「奥、気持ちいいですか？　今、中がキュッと締まりましたよ」

「……っ、そ……っ……あっ……んん！」

強すぎず優しすぎずの絶妙な力加減で、真家さんが私を追い立てる。

ずんっと奥を突かれた瞬間、ゾクゾクと腰が震えてお腹の奥が締まった。無意識に、中の彼をきゅうきゅうと締め付ける。

だけど、気持ちがいいのは奥だけじゃない。

彼が触れるところ全てが気持ちよくて、たまらなかった。

「あっ、あっ……は……あ……」

喘（あえ）ぎすぎて喉がからからに渇いている。だけど体は汗まみれで、どこもかしこも、もうぐちゃぐちゃだった。

――こんなセックス、初めてっ……

うっすら瞼（まぶた）を開くと、真家さんは目を閉じて、感触を確かめるように腰を動かしている。浅いところを何度も出し入れして蜜を纏（まと）わせると、一気に最奥（さいおう）を突き上げてきた。

「んっ……はあっ、あっ！」

ガツガツと荒々しく突き上げられ、体がズッ、ズッ、とベッドのヘッドボードに追いやられていく。

――普段冷静な真家さんが、こんな雄っぽいセックスをするなんて。

「薫っ……好きだ……愛してる」

呼吸を荒らげながら抽送を続ける真家さんが、何度も私に愛を囁く。

「ん、あっ……ん……っ」

答えを返したいのに、喘ぐばかりで言葉にならない。

私は応える代わりに、ベッドに突いた彼の逞しい腕を掴んで、ぎゅっと強く握った。

「薫……っ！」

繋がったまま、真家さんが私の上半身を抱き起こし、対面座位の格好にされる。

お互いに汗ばんだ体を密着させ、何度も艶めかしいキスを繰り返した。

繋がっているところも、触れられているところも、キスも、全てが熱くて。

体が溶けてしまいそうだった。

溶けて混じり合い、一つになってしまうような、そんなセックス。

今の私は、完全に彼との行為に呑み込まれていた。

「薫……、そろそろ、い、く……っ」

そう絞り出す真家さんの表情は苦しげだけど、美しい。

私はそれに見惚れつつ、うん、と頷いた。

真家さんが再び私をベッドに押し倒し、正常位で抽送の速度を速めた。

腰を掴み、激しく奥を突き上げられているうちに、思考が白んで一気に絶頂が近づいてくる。

「あ……あ……っ、いく、いっちゃう……んっ……!!」

私の顔の横に突かれた彼の腕を強く掴み、絶頂を迎えた。それから少し遅れて、真家さんがぎゅっと目を瞑り、苦しそうな声を上げる。

「あ……っ、く……」

体を震わせ、避妊具越しに精を吐き出した真家さんが、私の体に覆い被さってきた。

「薫……」

額からポタポタと汗を滴らせながら、彼が唇をせがむ。

「ん……」

クチュ、と軽く食んだ後、強く押し付けられた唇が、名残惜しそうに離れていった。

避妊具の処理をするために一旦ベッドから離れ、すぐに私の隣に戻ってきた真家さんは、ベッドに横になったままの私の体を抱き締めてくる。

その抱き締め方がすごく優しくて、彼の愛情を感じずにいられなかった。

「……薫さん」

「……はい……」

「私と結婚してくれませんか」

言われた内容がすぐに理解できなくて、数秒の間があいた。

「えっ……け、結婚?」

至近距離で顔を合わせ、思わず目を剥いてしまう。

確かに彼のことは好きだけど、これはすぐ返事ができるわけがなかった。

「……ま、待って……返事は後日……」

激しくテンパりながら、そう答える私に、真家さんはそれはそれは残念そうな顔をする。

「薫さんは本当に……私を焦らすのが上手ですね」

「え？　そんな……つもりは、ないんですけど……あっ！」

いきなり手首を掴まれベッドに縫いとめられたと思ったら、首筋に吸い付かれた。

首筋から耳へと移動した彼の唇が私の耳朶を食み、耳孔に舌を差し込まれる。

「や、あっ……」

くすぐったくて身を捩ると、彼が耳元で囁いた。

「……うんと言ってくれるまで、放さない。そう言ったらどうしますか」

「え……え？　どうするって……ん！」

また真家さんの唇が私の唇を塞いだ。ねっとりと絡み付く彼の舌に翻弄され、次第に思考力を奪われていく。

結局そのまま二回、三回と真家さんに抱かれ、ようやく終わった頃には腰から下の感覚がなくなっていた。

——……っ、この人、なんでこんなに元気なの……

すっかり体力を奪われ、ベッドに沈み込んでいる私。そんな私の体には、真家さんの腕がしっかり巻き付いている。

何度となく繰り返された行為のせいもあり、体は汗でベタベタだ。さすがにシャワーで、さっぱりしたい。

「……あの、バスルームに行きたいので、手を放してくれませんか……？」

背中にピタリと身を寄せる真家さんに申し出ると、彼は「ん？」と微笑んだ。

「バスルーム？　シャワー？」

「はい。だからあの、この手を放してもらえると……」

私のお腹の辺りでしっかり組まれた真家さんの手をどかそうと試みる。だけど、彼はその手を放してくれない。

「疲れているでしょう？　シャワーは朝にして、このまま寝てしまえば？」

真家さんの囁き（ささや）にハッと我に返る。

「えっ⁉　ダ、ダメですよ！　私、遅くなるけど帰るって、家に言ってありますし」

ホテルに移動してそういうことになったのが割と早い時間だったので、今は夜の九時頃。まだ充分家に帰れる時刻だ。

それに明日は早番なので、できれば朝帰りは避けたい。

だけど、そう申し出たら、真家さんに大きなため息をつかれてしまった。

「……今日はあなたを放したくありません。ずっと、このままでいたい」

「そ、そんなこと言われても……」

放すどころか、更にぎゅうっと腕の力を強められる。

――正直、彼の気持ちは嬉しいんだけど……

どうしたらいいのかと困っていたら、突然、真家さんの腕が離れた。

「仕方がない。今夜は我慢しましょう。その代わり、次は朝まで一緒にいてくださいね？」

肩越しに真家さんを振り返ると、にこりと微笑まれる。

「……か、考えておきます」

「ええ。よろしく」

真家さんは私の頭を軽く撫でると、起き上がってベッドから出て行く。そしてボクサーショーツを身に着けると、バスルームからバスローブを持ってきてくれた。

「はい、どうぞ」

「あ、ありがとうございます」

彼からバスローブを受け取り、素早くそれを身に着ける。そして、重たい体を動かし、急いでバスルームに向かった。

ぼんやりシャワーに打たれながら、私はさっきまでの彼との情事を思い出し、一人で顔を赤らめる。

——真家さん、エロかった……

最中の彼は、仕草や表情がとにかく色っぽくて、ただでさえイケメンなのに、あれはもう反則レベルだ。

まさか、そんな人と付き合うことになるなんて、少し前の私なら考えられなかった。

それに、さりげなくプロポーズされたんだけど……アレって本気だろうか?

そんなことを気にしつつシャワーを終えた私は、着替えを済ませて、同じくシャワーを浴びて身支度を整えた真家さんとホテルを後にした。

タクシーで家まで送ってもらう間も、彼は私の手を握って離さず、甘い雰囲気を隠そうともしない。それどころか、車内にもかかわらず、運転手さんの目を盗んで触れるだけのキスをしてきた。

「また連絡します。おやすみなさい」

「お……おやすみなさい」

甘さがダダ漏れな彼の態度に慣れなくて、ぎこちない返事になってしまう。そんな私に、真家さんは嬉しそうに笑ってくれた。

タクシーを見送り、ふらふらと家に入る。今夜は珍しく、全員が自室に籠もっているらしく、ダイニングは明かりが消されていた。
さすがに今は、家族といつも通りの会話ができそうになかったので、心底ホッとする。
私は、できるだけ静かに自分の部屋に戻ると、力尽きてベッドに倒れ込んだ。
これは夢なのではないか。
そう思ってしまうくらい、この状況に現実味がない。
だけど、全身に残る気怠さが、さっきまで彼に愛されていたことを思い出させる。
「もう……どんだけ体力が有り余ってるのよ……」
憎まれ口を叩きつつも、顔が緩んで仕方がない。
真家友恭という、すごい男に好かれていること。
そして、そんな男を好きになってしまった自分を、心底実感した夜だった。

6

真家さんとお付き合いが始まって数日後。
勤務先のカフェで接客中の私は、カウンターに戻ってきたタイミングで、同僚の小島さんに話しかけられる。

いた。

「薫さん、今日も来ますかね？　あのお方」

うふふ、と意味ありげな笑みを浮かべる小島さんに、私はげんなりしつつ小さく頷いた。

彼女の言うあのお方とは、もちろん真家さんである。

「たぶん……」

「お付き合いしてから、前にも増してよくいらっしゃいますよね！　薫さん、愛されてる〜」

なんて返したらいいのか分からなくて、とりあえず笑って済ませた。

彼女の言う通り、彼と付き合い始めてからというもの、私が出勤している日は、かなりの高確率で真家さんが顔を出すようになった。

『これからは、できるだけ時間を作って、薫さんに会いに行きます』

彼とそういうことになったすぐ後、そんなメッセージを送ってきた真家さん。

彼は、その言葉通り、次の日カフェにやってきた。その次の日も、私の休日を挟んだその翌日も……

忙しい人が、あまりにも顔を出すものだから、つい心配になって『毎日来なくてもいいですよ』と言ってみた。だけど真家さんから返ってくるのは、『大丈夫』『私が行きたくて行っているので』という言葉ばかり。

結局、私からは、それ以上何も言えなくなってしまったのだ。

そして、頻繁に姿を現すようになった真家さんを見て、ピンときたのが小島さんだった。

『あの、もしかして、あの弁護士さんと、お付き合いしてる……とか⁉』

ズバリと言い当てられた私は、仕方なく彼女に本当のことを全部話した。その結果、真家さんが来店する度に、小島さんから、からかわれるようになってしまった。

でも、それも仕方ないのかもしれない。

何故なら、付き合うようになった途端、真家さんの私に対する態度がこれまで以上に甘くなったからだ。

『いつも美味しいコーヒーをありがとう。じゃあ、また』

コーヒーを入れたマイボトルを手渡す度に、彼は私の手に触れて微笑んでくる。

今までと同じような会話に見えて、真家さんの声も雰囲気もめちゃくちゃ甘いのだ。

小島さんに言わせると、私達が付き合っているのは一目瞭然、らしい。

実際、彼の態度が甘くなったのを私も感じていたので、何も言い返せなかった。

付き合い出しても、彼はこれまでとあまり変わらないだろう——勝手にそう思い込んでいた私は、彼がこんなに甘くなるなんて、まったくの想定外。

正直、嬉しいような居たたまれないような、複雑な気持ちだった。

でも、真家さんが一日とあけずに送ってくるメッセージを見てはドキドキして、幸せな感情が体の奥から溢れてくる。

その度に彼に恋していることを実感し、私はついため息を漏らしてしまう。

――それなりに経験はあると思ってたけど、なんだかこれが、私の初恋みたい……

二十六歳にして、初めて味わう甘酸っぱい感情に、我ながら驚いていた。

そんなある日。

勤務先のカフェに、以前真家さんと一緒に来店した女性が現れた。

大きなバッグを肩にかけ、高らかにヒールの音を響かせながら、真っ直ぐ私のいるレジカウンターまで歩いてくる。

すぐにあの時の女性だと気がついた。挨拶した方がいいのかな、と考えていたら、向こうから声をかけられる。

「先日はどうも。私のこと覚えてます？」

「いらっしゃいませ。はい、先日はありがとうございました。本日は何になさいますか」

私がメニューを広げて見せようとすると、彼女はそれを遮って身を乗り出してくる。

「ねぇあなた、真家弁護士の彼女なの？」

「……え？」

真顔で尋ねられて、一瞬頭の中が真っ白になった。

別に隠しているわけではないけれど、何故この人にそれを聞かれるのだろう。

「……あの、それをどこで……」

「やっぱりね。そうだと思ったのよ」

私が困惑していると、女性がにこりと微笑んだ。

「ご挨拶(あいさつ)が遅れてごめんなさいね。私、真家と同じ事務所に勤務してる寒川(さむかわ)と申します」

寒川という女性が名刺を取り出し、それを私の目の前に置いた。名刺には『弁護士寒川比佐子(ひさこ)』と書かれている。

——やっぱり同僚だったんだ。それに、この人も弁護士さんなのかー。

「ご丁寧にありがとうございます。私……」

「『薫さん』でしょう？　この前ここに来た時、真家がそう呼んでたから。あいつが女性を名前で呼ぶなんて珍しいし、最近この店のコーヒーばっかり飲んでたから、怪しいって思っていたんだけど。そう、やっぱり……」

そう言って、寒川さんがじろじろと私を見てくるので、どうにも居たたまれない。

「……あ、あの、ご注文は何になさいますか」

「そうだったわね。ごめんなさい」

ずっと私を見ていた寒川さんの視線が、ようやくカウンターに置いたメニューに移ってくれて、私は心の中でふうっと一息ついた。

この寒川という女性、あざといくらい、真家さんにべたべたしていた人だ。そんな女性が、私を真家さんの彼女と知った上で会いに来た理由は……

「カフェラテをグランデで二つ、テイクアウトでいただけます？　それにしても……ふうん……あなたがねぇ……」

会計を待つ間も、興味津々（きょうみしんしん）といった様子で私をじろじろ見てくる。

相手はお客様だし、どうリアクションしたらいいのか困ってしまう。

「あの、何か……？」

「ああ、ごめんなさいね。あなたのような普通の女性が、あの真家をどうやって落としたのかすごく興味があって。よかったら、教えてくれないかしら？」

彼女の言葉の中には、明らかに棘（とげ）のあるワードが含まれている。それで、なんとなく彼女の目的を察してしまった。

おつりを渡し、受け取りカウンターへ促（うなが）すが、寒川さんはカウンターを離れる気配がなかった。

彼女の後ろにお客様がお待ちなら、それを理由に逃れられたのに、こんな時に限って誰もいないとは。

——うう、逃げ場がない……!!

心の中でダラダラと冷や汗をかく私に気づいているのかいないのか、寒川さんがじっとりとした視線を送りながら私の答えを待っている。

「……っ、特には、何も……」

困った時に使用する決まり文句だけど、あながち嘘でもない。本当に何もしていないから。

だけど、寒川さんは納得してくれなかった。

「嘘よ！　あの堅物が落ちた何かがあるんでしょ。じゃなきゃ、何年もアプローチしてる私に、靡かないはずがないわ。早く教えなさいよ、あなたにあって私にないものってなんなの？」

寒川さんの口調が徐々にヒートアップしてきて、お客様への影響が心配になった。

——ていうか、やっぱり真家さんを狙っている女か……

「ごめんなさい、本当に分からないです……」

相手に対して思うところはあれど、営業スマイルを崩さないように頑張る。

「真家は有能な弁護士よ。その相手があなたみたいなカフェ店員だなんて、釣り合っているとは思えないけど」

ずっと誠実に対応しようとしていたけれど、この一言にはかちんときた。

それじゃあまるで、カフェ店員が弁護士と付き合っちゃいけないみたいじゃないか。

そんなの、おかしい。

「考え方は、人それぞれですから……」

本当は思いっ切り反論したいところだけど、相手の挑発に乗ったらこっちの負けだ。

あからさまな嫌味に笑顔で応じた私に、寒川さんがグッと唇を噛みしめる。

「……まあ、いいわ」

そう言って、寒川さんは口をへの字にしたまま、受け取りカウンターに移動して行った。

――よかった、なんとか追い返せた……

エスプレッソマシンを操作しながら、ホッと安堵する。

しかし、真家さんと付き合って、まだそんなに経っていないのに、もうこんな相手が現れるとは。イケメンエリート弁護士と付き合うことへの、洗礼を受けたような気分だ。

――今後もまた、こんなことがあったりするのかな……

自分が嫉妬の対象になることなんて、これまでの人生では皆無だった。

さすがに、こんなことが何度もあったら、メンタルがやられそうな気がする。

だからといって、真家さんを諦める、という考えは不思議と浮かんでこない。

なんだかんだで、やっぱり私、彼のことが好きなのだ。だから、こんなことくらいで、諦めたくなんかない。

——これはきっと、イケメンと付き合う試練みたいなものだな。

即座に思考を切り替えた私は、できあがったカフェラテを寒川さんに渡しながら、笑顔で「またお待ちしています」と彼女を見送った。


その日の夜、私が自分の部屋で寛いでいると、珍しく真家さんから電話がかかってきた。

忙しい彼からは、大抵SNSのメッセージが送られてくる。電話がくることなど、本当にまれだ。一体、何事かと、急いで電話に出た。

『薫さん、今日うちの寒川がそちらに行ったでしょう？　何か失礼なことを言われませんでしたか』

電話をくれるくらいだから、事務所でも何かあったのかもしれない。

とはいえ、あまり告げ口みたいなことをするのは気が引ける。

「……確かにいらっしゃいましたけど、何もなかったですよ。ただ、真家さんと付き合っている私が、気になったみたいですね」

『申し訳ありません』

真家さんの声のトーンが、分かりやすく落ちたので、咄嗟に明るい声を出した。

──私のことで、同僚と気まずくなったりするのは絶対ダメだ。

「い、いえっ！　本当に何もなかったです。カフェラテを二つ、買いに来られただけで」

『ええ。彼女があなたの店の袋を下げて、事務所内を歩いていたのを見ました。でも、本当にそれだけですか。私は、彼女があなたを傷つけるようなことを言ったのではないかと、そこが気になっているんです』

「……気になるってことは、何か思い当たることがあるからですよね？」

私が逆に尋ねると、一瞬の間ののち、真家さんが口を開いた。

『寒川は私の先輩に当たるのですが、ことある毎に私の恋人のように振る舞ってきて。正直、迷惑しているんです。一応先輩なので、あまり強くも言えず我慢しているのですが』

「……そ、そうでしたか」

そういえば、うちの店に来た時も、寒川さんは真家さんの腕に触れたり、妙に体を近づけて楽しそうにキャッキャしてた。

それを見てモヤッとしたっけ。

──迷惑してたのか……

『私に恋人がいれば、もうそうした態度は取れないだろうと、付き合っている人がいると話しました。もちろん、あなたの名前は伏せて。しかし寒川は、すぐにあなたが恋人と気づいたようでして……。最近の私の行動は、あからさまだったので、迂闊（うかつ）でした。すみません』

「いえ！　私も、彼女かと聞かれた時、深く考えずに認めてしまって。こちらこそ、勝手にすみませんでした」

『薫さんは何も悪くないので、謝る必要はありません。むしろ、きちんと肯定してくれたことが、私は嬉しい』

嬉しい、なんて言われると照れてしまい、思わず手で顔を扇（あお）ぐ。

『誓って言いますが、寒川のことを女性として意識したことはありませんし、好意もないと断言できます。この先、もし彼女が何か言ってきたとしても、私の気持ちは絶対に変わりません』

「……分かりました。言ってくださってありがとうございます」

私は、ふうっと息を吐いた。

知り合った頃には考えられなかったことだけど、今の私は、真家さんの言葉を誰のどんな言葉より信用している。

そこにはっきりとした根拠はないんだけど、それこそ女の勘ってヤツかもしれない。

『……しかし、薫さんが絡むとダメですね。頭が働かなくなります』

電話口で彼がため息をつくのが聞こえた。そんな真家さんに、つい顔が笑ってしまう。

「なんだか、真家さんが普通の人っぽくて、安心しちゃいます」

『……私は、至って普通の人間ですよ』

「普通ではないと思いますけど。でも、少しの隙もない完璧超人より、私は好きですよ」

言ってしまった後に、ハッとした。

――私ったら、なんてことを！

普通じゃないだなんて、立派なお仕事をされている真家さんに対して、失礼にもほどがある。

「すみません、あの……私……」

『薫さんが好きと言ってくれるなら、なんだっていいです』

少し照れているみたいな、真家さんの優しい声に、胸がきゅんとしてしまう。

「そ、そうですか」

――そんなこと言われたら、今すぐに会いたくなっちゃうよ。

たまらなくなって、近くにあったクッションを、ぎゅっと強く抱き締める。

ドキドキしながら彼の次の言葉を待っていると、何故か『すみません』と謝られた。

『前置きが長くなりました。そろそろ本題に入ってもいいでしょうか』

「……なんでしょうか……」

――寒川さんの話をするために、電話をかけてきたわけじゃないのね。

『実は、結婚が決まった同僚の祝賀会を計画していまして、会場探しをしているんです。それでご相談なのですが、薫さんの勤めるカフェで、そういった催しをすることは可能でしょうか？』

真家さんの話に耳を傾けていた私は、なるほど、と小さく頷く。

「貸し切りで、パーティーのようなものを開くってことですね。できますよ」

これまでにも何度か、少人数のパーティーをしたことがある。料金は人数や内容によって変わるけど、希望があればドリンクの飲み放題や、カフェメニューでは対応できない食事のケータリングサービスなどもできる。

それを伝えると、電話口からホッとしたような声が聞こえてきた。

『よかった。主賓から、あまり大がかりなパーティーは恥ずかしいから、身内だけの小さな会にしてほしいと要望がありまして。それでふと、薫さんのカフェなら、事務所からも近いし、広さもちょうどいいのではないかと思ったんです』

「それじゃあ、分かる範囲で日時と大体の人数を教えていただけますか？」

『はい。よろしくお願いします』

認して、改めて連絡します。真家さんの携帯に連絡すればいいですか？」

『はい。よろしくお願いします』

「あの……ありがとうございます。うちの店をそうした催しの場所に考えてくれて。店の者も、喜ぶと思います」

『私はあの店が好きなんですよ。雰囲気もいいし、コーヒーも食事も美味しい。何より、あのカフェは私が薫さんと出会った場所でもありますからね』

電話口から聞こえる柔らかな声から、真家さんの微笑む顔が容易に想像できる。

それを見られないのが、少し残念だった。

――ビデオ通話にすればいいんだろうけど、さすがに照れるし……

なんてぼんやり考えていたら、真家さんに『薫さん』と呼ばれた。

「はい？」

『無性に、あなたに会いたい』

「えっ？　でも……」

反射的に時計を見ると、時刻は夜の十一時過ぎ。お互いに明日は仕事だし、これから会うのは正直厳しい。

「真家さん、今どこにいるんですか」

『事務所です。明日の裁判の準備をしているのですが、あなたの声を聞いていたら顔が見たくなってしまって……すみません』

「い、いえ……嬉しいです。でも、今から会うのは、ちょっと……」

『分かっています。ただそう思った気持ちを伝えたかっただけですので』

すぐに納得してくれた真家さんにホッとするものの、本当は私だって彼に会いたい。

だから……

「あの、今日は無理ですけど……明日の夜とかは……」

『会えます。会いたいです』

私の提案に、真家さんが食い気味に返事をする。

早っ、と、思わず顔が笑ってしまった。

「じゃあ、仕事が終わったら、真家さんの事務所の近くで時間を潰しながら待ってます」

『分かりました。何がなんでも早く仕事を片付けて、あなたのところへ駆け付けます』

「はい。では、明日……」

電話を切ろうとしたら、電話口から彼の低い声が聞こえた。

『薫、愛してる。おやすみ』

たちまち、体中の毛穴が一気にブワッと開いたような気がした。

——なんて不意打ちをするんだろう……

「わ、私も、です……おやすみなさい」

本当は、私も「愛してる」とか言った方がいいのかもしれないけど、恥ずかしすぎて、そう答えるのが精一杯だった。

愛してる、なんて言われ慣れてないから、風呂上がりみたいに火照った体を持て余してしまう。

いっそのこと、水風呂にでも浸かって頭を冷やしたい。

今の私は、正にそんな心境だった。

そしてその翌日。

夕方六時までのシフトだった私は、仕事が終わった足で真家さんの事務所があるビルから近い、喫茶店にやってきた。

コーヒーを注文して、ホッと一息ついた私は、彼が待ち合わせ場所にと指定した店の中をぐるっと見回す。

現在は分煙になったみたいだけど、以前は喫煙が可能だったのかもしれない。少しヤニで黄ばんだ壁が、「昔ながらの喫茶店」といった懐かしい雰囲気を醸し出していた。

座席はゆったりしていて、ほどよく弾力のある椅子も座り心地がいい。そして何より、静かにジャズの流れる空間がとても落ち着く。

しばらくして、目の前にコーヒーが置かれた。丁寧に淹れられたと分かるそれは、飲むと自然に笑みが浮かんでくる。

――コーヒーは美味しいし、居心地もいい。こんなところあったんだなー。

カフェに勤務している以上、この界隈のカフェはある程度チェックしていた。でも、さすがに全部を知っているわけではないので、新しい発見には胸が躍る。

待ち合わせに指定したということは、真家さんもここをよく利用しているのだろうか。なんて思いつつ、持ってきた文庫本を読みながらのんびり待つこと一時間近く。

カランカランというドアの開く音と共に、真家さんが喫茶店に入ってきた。

「薫さん、すみません。お待たせしました」

急いで来てくれたのか、彼の前髪が少し乱れている。それを直しながら、真家さんが私の向かいの席に座った。

「いえ、待ち時間を楽しんでいたので全然大丈夫でした。ここ、素敵なお店ですね」

店内を見てそう言った私に、真家さんがにこっと微笑む。

「ええ。私も好きでよく利用している店の一つです。事務所からも近いですしね。コーヒー飲まれましたか？　美味しいでしょう」

「はい。うちの店とは、また違った味わいで美味しかったです。それに、雰囲気がいいですね。何時間でもいたくなっちゃいます」

注文を取りに来てくれた年配の女性に軽く会釈すると、真家さんは私と同じコーヒーを注文した。

「それで例の件ですが、同僚に確認したところ、ぜひ薫さんのお店にお願いしようということになりました」

「本当ですか⁉ ありがとうございます‼ じゃあ、具体的なプランについて説明しますね」

バッグからペンとメモを取り出して、改めて真家さんを見ると、いきなり頭を下げられた。

「お手数をおかけしますが、よろしくお願いします」

「こちらこそ、よろしくお願いします。ちなみに、この件の幹事は、真家さんなんですか？」

「ええ。結婚が決まった同僚というのが、私の同期でして」

水を飲みながら微笑む真家さんを見ていると、なんだかこっちも頬が緩んでしまう。

「そうなんですね……」

忙しい真家さんが幹事をするのは、ちょっと意外だったけれど、同期のために動ける彼を素敵だなと思った。

そうこうするうちに、真家さんの注文したコーヒーが運ばれてきた。

「いただきます」

真家さんが静かにコーヒーカップに口をつける。その姿がえらく様(さま)になっていて、つい見惚れてしまった。

「……薫さん？　どうかしました？」

「えっ？　いえ……あ、そうだ。パーティーのお料理についてなんですけど」

バッグの中から持ってきたパンフレットを取り出し、テーブルの上に並べた。

「これは、ケータリングで対応できる料理のパンフレットです。和・洋・中、イタリアン、他にもご希望があれば対応しますので、よかったら参考にしてください」

真家さんが、早速パンフレットを手に取り、興味深そうに目を通し始める。

「かなり、種類が豊富なんですね」

「ええ。ご利用になったお客様からの評判もよかったですよ」

テーブルに料理のパンフレットを広げ、この店は何が美味しい、ここはどういうところにこだわりを持っている……など、詳しく説明していたら、微笑んで私を見ている真家さんに気づいた。

「……あれ？　私、何か変なこと言いました……？」

説明に夢中になりすぎて、知らないうちに何かやらかしたのだろうか、と不安になる。

「いえ……ただ、薫さんはこの仕事がとても好きなのだなと思って」

「そうですね、この仕事は好きです。それに、私に合っていると思います」

「薫さんは、ずっとこのお仕事をされているんですか？」

真家さんに聞かれ、少し考えて口を開いた。

「大学卒業後は、一般企業に就職してOLをしていました。うちは、母も姉もバリバリ働いているので、漠然と私もそうなるって思ってたんです。でも私、どうもデスクワークに向いてなかったみたいで。だから、OLは一年で見切りをつけて、今の仕事に転職したんです」

「その頃からコーヒーが好きだったんですか？」

「好きと言えば好きでしたけど、仕事にしたいとまでは思ってませんでした。でも、オープンしたばかりの今の職場でカフェラテを飲んだら、その美味しさにハマってしまって。単純なんですけど、それがきっかけですね」

そう、当時の私は、バリスタになろうなんて微塵も思ってなかった。

だけどあの店で、社長の淹れてくれたカフェラテを飲んだ瞬間、ものすごくホッとして、幸せな気持ちになったのだ。

こんな風に、人をホッとさせられる仕事がしたい——そう思った。

それからの私の行動は早かった。

情熱が原動力となり、求人を出していたそのカフェに応募して、パートから仕事をスタートさせた。それと並行して、コーヒーの淹れ方を一から必死に勉強し、数ヶ月後めでたく正社員に採用されたのだ。

「今思うと、よくそこまでの行動力が私にあったなーって思いますけど、私のやりたいことはこれなんだって、思ったんでしょうね」

「なるほど。薫さんの淹れてくれるコーヒーが、何故あんなに美味しいのか、その理由が分かった気がします」

コーヒーカップをソーサーに戻した真家さんが、私を見て柔らかく微笑む。

――私の淹れるコーヒーが美味しい理由……？

「それは……どういう……？」

「あなたの仕事には、相手がホッと一息つけるように、という気持ちが込められているからでしょう？」

彼が言った言葉に一瞬ポカンとする。けど、確かにその通りだ。

いつも一杯一杯心を込めて、お仕事を頑張っている人には一息ついてもらいたい、疲れている人には癒やされてほしいという気持ちを込めて、コーヒーを淹れている。

そのことを改めて真家さんに指摘されると、嬉しいような、くすぐったいような気持ちになった。

「ありがとうございます……そんなこと言ってもらえるなんて思っていなかったので、嬉しいです」

「いえ……そもそも私が薫さんのことを好きになったのも、それがきっかけですし」

「え？　でも……真家さんが私を好きになったのは、勘だって……」

「ええ。勘もありますが、あなたの淹れてくれたコーヒーが、疲弊し切っていた私の心と体に沁みたんです」

「疲弊し切ってって、真家さんが？　そんなことあるんですか？」

勝手なイメージだけど、真家さんは、どんな大変な問題があっても、さくっとスマートに片付けていく気がしていた。そう言うと、真家さんは額を押さえて苦笑する。

「私は、それほどできた人間ではありませんよ。……その日、勝ち目のほとんどない訴訟を終えたばかりでした。先輩に渡されたコーヒーを何気なく口にした私は、その美味しさに衝撃を受けたんです。思わず、コーヒーを淹れてくれたあなたを見たら、偶然目が合って……。あなたはその時、私に微笑んでくれたんです」

――……えっ。私と目が合った？

そんなことあったっけ、と必死に記憶を辿る。そんな私に、真家さんは首を横に振った。

「それが、ただの営業スマイルということは分かっています。実際あなたは、他のお客様にも同じように微笑みかけていましたし。ですが、私の疲れが吹っ飛んだのは事実です。簡単に言えば、その時のコーヒーとあなたの笑顔に、私はすっかり魅了されてしまったんです」

初めて聞かされる真実に、呆然と言葉を失う。

「……そ、それならそうと、最初に言ってくれればよかったのに。あんな、勘だなんて言うから、私、必要以上に真家さんのことを警戒しちゃったじゃないですか！」

しかし、真家さんにも思うところがあったようで、静かに反論された。

「冷静に考えてみてください。いい年をした男が、カフェ店員の営業スマイルで恋に落ちただなんて、恥ずかしくて言えません。特に、あなたには」

「今、言っちゃいましたけど」

「もういいんです。こうして、あなたと付き合えることになりましたし。今は、少しでも多く、私のことを知っていただきたいと思いまして……」

苦笑いする真家さんにつられ、私まで笑ってしまう。

ぶっちゃけすぎだけど、彼のそんな正直なところもまた愛おしいと思える。

以前は彼のこんなところもちょっと苦手だったのに、好きになると見方が全然変わるのだから、勝手なものだ。

なんてほっこりしていたら、いきなり真家さんの指が私の手に触れ、ドキッとした。

「ところで、薫さん。この後、お時間ありますか？」

少し声を潜めた真家さんの目は、明らかにさっきまでの彼と違う。

私を欲しがっているのを隠さない彼に、心臓が高鳴り始める。

ろう。


「そろそろ薫さんを補充しないと、限界です」

「私を補充って……」

ツッコミつつも、彼の言葉に照れてしまう。きっと、私の顔は、赤くなっているだ
ろう。

そして、全て分かった上で、静かに頷いた。

「……私もです」

返事をしたら、ホッと頬を緩ませた彼の手が、私の手をぎゅっと包み込んだ。

「よかった。では移動しましょう。今日はどうしますか。ホテルにしましょうか、それとも私の部屋に来ますか」

「えっ……と……」

前回、ホテルに行って思ったけど、真家さんには割り勘にするという意識がない。この間も、その前のデートの時も、支払いは全部彼だった。ありがたい反面、さすがにちょっと心苦しい。

となると選択肢は一つ。

「あの……真家さんさえよければ、お部屋に行ってみたいです」

そう言うと、真家さんが少し驚いたように目を見開いた気がした。

「分かりました」

会計を済ませて店を出ると、真家さんは駅ではなく、何故か月極駐車場に向かった。

「今日は、車出勤だったので。助手席へどうぞ」

「はい」

真家さんは、華麗なハンドルさばきで細い路地を抜けていく。

「ところで薫さん。明日のお仕事は、何時からですか？」

「……明日は、お休みです」

私の答えを聞いて、真家さんが黙り込む。

チラリと視線を向けると、彼は口元に片手を当て、何か考え込んでいるようだった。

「あ、あの……急に黙られると不安になるんですけど」

「ああ、すみません。それでは、前回の約束を叶えていただいてもよろしいですか？

あなたさえよければ、ですが」

正直なところ、真家さんの部屋に行くと決意した時点で、そうなると予想していた。

だから、彼の提案には、あまり驚かない。

「……私は、そのつもりでいましたけど」

泊まる気満々でした、とは言いにくいので、さすがに声が小さくなる。

「本当ですか？」

真家さんが、一瞬、私に視線を向けて確認してきた。

「はい。というか、真家さんこそ、私が泊まってもいいんですか？」

「いいどころの話じゃない。なんなら、今日から住んでくれても構いません」

一気に話が飛躍したので、ブッ、と噴き出してしまった。

「真家さん、話が飛びすぎです。もう……」

クスクス笑っていたら、真家さんが苦笑する。

「笑ってる薫さんは、素敵です。やはり、あなたは笑顔が似合う」

「……て、照れるから、やめてください……」

「はは。あ、ここが私のマンションです」

彼がハンドルを切りながら、大きなマンションの駐車場に入っていく。暗くて全容は分からないけど、タワーマンションと低層のマンションが同じ敷地内にいくつか建っているっぽい。

「……大きい、ですね」

「そうですね。この敷地内に六棟あるんで」

そう言って車を降りた彼は、一際大きなタワーマンションに向かって歩き出した。

――え、真家さんの部屋って……あそこ⁉

「こ、このタワーマンションですか⁉」

「そうです。でも、下の方ですよ」

おののく私とは対照的に控えめな真家さん。

この人がやり手の弁護士だということを、今更ながらに思い出す。

——こういうところに住んでいても、なんら不思議はない人なんだよね。

若干、遠い目になりつつ、私は真家さんと一緒にタワーマンションの中に入った。

美しいエントランスを抜けると、立派な応接セットの置かれた共有スペースが現れる。

子供の頃から一戸建てに住んでいる私からすると、はっきり言って未知の世界。

つい興味津々で、周囲を見回してしまう。

「綺麗なところですね。私、ずっと一戸建ての実家住まいなので、なんだか新鮮です」

エレベーターを待っている間、そう話しかける私を、真家さんが見下ろしてくる。

「そういえば、薫さんのご自宅は、お祖母様もいると仰ってましたね」

「はい。あの家は、母の生家なんです。祖母の代からの家なので結構古くて、子供の頃はマンションに住んでいる友人が羨ましかったな」

エレベーターに乗り込むと、真家さんは五階のボタンを押した。

「私の実家も戸建てですよ。うちも相当古いので、そろそろ建て替えの話が出ていますね」

何気ない会話を交わしている間に、エレベーターが五階に着く。彼の後に続いて廊下を少し歩き、真家さんがドアの前で立ち止まった。

「ここです。どうぞ」

彼の後ろから玄関に足を踏み入れる。

「お邪魔します……」

灯(とも)りが点った玄関には、彼の革靴とスニーカーが一足ずつ並んでいた。

部屋の奥に進んで行く真家さんの後を追ってリビングに入ると、目の前に広がるのは――適度に散らかった室内だった。

といっても脱ぎ捨てた服が散らばっているとか、そういう散らかり方ではない。

およそ二十畳はあろうかというリビングは、仕事関係の資料らしき書類や新聞などが、中央のテーブルにどさっと積み上がっていた。

テーブルの側にあるソファーには、テレビのリモコンが無造作に置いてあり、彼がここに座っている姿が容易にイメージできた。

チラッと見えたキッチンも、シンクの中に食器やらカップやらが置いたままになっていて、意外と生活感に溢(あふ)れている。

「……」

「汚くてすみません。その、最近少し忙しかったもので」

スーツのジャケットを脱ぎながら、真家さんが申し訳なさそうな顔をする。

「いえ、なんというか……意外で」

普段の彼の言動から、きっと無駄なくすっきりと片付いた、モデルルームみたいな部屋に住んでいると、勝手に思い込んでいた。

だから、こういう生活感のある部屋を見て、逆に安心したというか、彼も普通の男の人なんだなと妙な親近感が湧いた。

しかし、意外と言われた真家さんは、不思議そうに首を傾げている。

「どの辺が意外ですか？」

「えーっと、なんていうか……真家さんも、完璧じゃないんだなって」

真家さんがクスッと笑って、リビングの入口にいる私に手招きする。

「全然完璧なんかじゃない。仕事で気を抜けない分、家ではかなりだらしない人間ですよ、私は。お茶を煎れますから、座っていてください」

リビングの真ん中に置かれた黒いレザーソファーへ私を促すと、真家さんはシャツとスラックス姿でキッチンに移動し、お湯を沸かし始めた。

「あの、私がやりましょうか」

「いえ、薫さんもお疲れでしょう。いいから座っていてください」

「すみません……」

しかし、そうは言われても、やっぱりキッチンにいる彼のことが気になって仕方がない。

私はキッチンをチラチラ窺(うかが)いながら、真家さんの姿を追う。

「気になります?」

落ち着かない様子の私に気がついたのか、真家さんが微笑みながら声をかけてきた。

「そりゃ、まぁ……あ、すみません、手を洗ってきてもいいですか?」

「どうぞ。廊下の途中、こちらから一つ目のドアが洗面所とバスルームですので」

じっとしていられなくて、私は廊下に出て教えてもらったドアを開け、バスルームの脇にある洗面台で手洗いとうがいをする。そして、目の前の鏡に映る自分をチェックした。

うん、大丈夫。変なところはない。

ちなみに、洗面台は全然散らかっていなくて、コップの中に歯ブラシが無造作に入れてあった。

私がリビングに戻ると、ソファーの前のテーブルが片付けられていて、そこにお茶の入ったマグカップが置いてある。

中を見ると綺麗な黄緑色をしているので、緑茶だろう。

「お茶、ありがとうございます」

お礼を言いながら着ていたカーディガンを脱いでソファーに腰を下ろすと、真家さんも私の隣に座ってきた。

「あんなに美味しいコーヒーを淹れる薫さんに比べたら、大したことではないです」

「そんなことないですよ。私、お茶も好きですから。実家では緑茶ばっかり飲んでますし」

「そうなんですか」

「はい」

ずず、と二人でお茶を啜った後、場が静まりかえる。

――やだ、なんか急に緊張してきた……

真家さんの部屋で二人並んで座っているというこの状況に、じわじわと緊張が増してくる。

私が黙ったままでいると、先に真家さんが口を開いた。

「薫さん」

「……はい」

「ベッド、行きませんか」

いきなり言われて、ドキンと心臓が跳ねた。

「あのっ……」

「お茶を飲みながら二人でゆっくりするのもいいのですが、正直、今は早くあなたを抱きたい」

マグカップをテーブルに置いた真家さんが、ゆっくりとこちらを向く。

「薫さ――」

「あのっ、先にシャワーを浴びてきてもいいですか‼」

真家さんの手が私の肩に触れた瞬間、つい反射的に叫んでしまった。

彼は、私の剣幕に一瞬怯(ひる)んだが、すぐに真顔で聞き返してくる。

「シャワーですか？　別に、そんなものは後でも……」

「ダメです、私すごく汗かいてるんで！　お願いします」

必死な私を見て、真家さんは仕方がないとばかりに苦笑して、立ち上がった。

「分かりました。その代わり、シャワーを浴びたらすぐに寝室に来てくださいね」

「は、はい……」

真家さんはバスルームに行く前に寝室のドアを開け、「ここです」と教えてくれた。

チラッと中を覗いてみたら、部屋の真ん中に大きなベッドがあり、枕元のテーブルに本が積み上がっていた。

――枕元に本があんなに……読書家だなー……

へえー、と思いながら真家さんの後についてバスルームに移動する。彼は洗面台の上にある棚から白いバスタオルを取ると、私に差し出した。

「どうぞごゆっくり」

にこっと私に微笑みかけると、真家さんはバスルームから出て行った。

手早く体を洗い、シャワーを終えてバスルームを出る。

体を拭いてバスタオルを体に巻き付けた私は、洗面台の鏡を見ながら少し考え、そのままの格好で寝室に向かった。

「お、お待たせしました……」

静かにドアを開け、おずおずと中を窺う。枕元の間接照明に照らされた真家さんは、胸元を寛げたシャツとスラックス姿のまま、ベッドに寝そべり本を読んでいた。

「お待ちしてました」

タオル一枚の私を見た真家さんが微笑み、読んでいた本を閉じて眼鏡を枕元のテーブルに置いた。

「薫さん、こちらへ」

真家さんは寝そべったまま、自分の隣のスペースをポンポンと手で叩き、私をベッドへ誘う。

「……はい」

緊張しながらベッドに上がり、ギシギシと音を立てて彼の隣に座った。

「……真家さんは、シャワー浴びなくていいんですか？」

私を見てフッと笑った真家さんは、いきなり私の後頭部に手を添え引き寄せる。

「わっ……!!」

「汗は……さっき待ち合わせ場所に行く時にかいたかな。どうでしょう、浴びた方がいいですか?」

彼の胸の上にぴったりと顔をつける形になった私は、突然彼の香りに包まれ息を呑む。汗の臭いなどまったくしない。だけど、彼の香りにあてられて早くこの香りに包まれたい、彼に抱かれたいという気持ちが高まってくる。

「……どっちでもいいです……」

なんかもう、どうでもいい。

彼の胸に耳を当てると、ドクンドクンという心臓の音が聞こえてくる。その音の感覚が、少し短く感じるのは、彼も緊張しているということだろうか。

「薫」

真家さんが私の頭を胸にのせたまま、上体を起こす。そして、片方の手で私を抱き締めつつ、もう片方の手で体に巻かれたタオルを取り去った。

「薫、綺麗だね」

タオルの下は何も身に着けていない。よって、タオルを剥(は)がされた今、私は生まれたままの姿を真家さんに晒(さら)している。

私をじっと見つめる彼の視線は、まるで体の中まで見透かすような強さで、私はたまらず上半身を両手で隠した。

真家さんが私の首筋に顔を埋め、そこを強く吸い上げた。

「食べてしまいたいくらい、可愛い」

「んっ……!!」

キツく吸い上げられ、チクッとした痛みに顔を歪めた。私が声を上げると真家さんは吸うのをやめて、私と顔を合わせてキスしてくる。

「……ん……ふっ」

頬に手を添えられて、キスがだんだんと深くなっていく。いつの間にか入ってきた熱い舌が、口腔で蠢き私を翻弄する。

それに自分の舌を絡めながら、私も必死に彼に応えた。

――まだキスしかしてないのに、頭が……ぼーっとする……

キスだけでうっとりしていると、真家さんの長い指が私の乳房に触れた。彼の手の中で形を変える乳房の先端が、だんだんと硬くなっていくのが自分でも分かる。

「……ここも、可愛いですね」

キスを止めた真家さんが、芯を持った胸の尖りに気がつき、クスッと笑う。そして彼は、私が反応する前に、素早くその先端に吸い付いた。

「あっ……!!」

いきなりの刺激に、びくんと背中を反らす。彼は私の背中に手を回し、更にちゅうっと音を立てて強くそこを吸った。

「んっ……!! ああんっ……!!」

もう片方の乳首は、指で弄ばれる。いきなり二箇所から与えられる刺激に、頭がクラクラしてきた。

「やっ……真家さんっ……そこばっかり……」

「……薫が可愛いのがいけない」

そう言って、彼は執拗にそこを攻めた。

吸ったり、舌で舐め転がしたり、甘噛みしたり。

これじゃあ、あっという間にイッてしまう……

すでに、脚の付け根からは、じんわりと蜜が滴り始めている。

「……んんっ、だめ、もうっ……」

絶頂を迎えそうな予感に、彼の腕をぎゅっと掴んで、ふるふると首を横に振った。そこでようやく、彼は胸の先を弄っていた手を止める。

「薫は敏感だね。でも、そこがいい」

胸から離れた彼の手が、私の脚の付け根に伸びる。蜜口からその上にある蕾に向かってするっと指を動かされると、分かりやすいくらいビクンと腰が揺れてしまった。

「……っ！」

「びっくりした？　ここ、もうとろとろだ」

嬉しそうに微笑みながら、真家さんが何度もそこで指を行き来させる。

「……あっ、や……」

触れられる度に腰が揺れてしまい、無意識に逃げようとしてしまう。だけど、彼はそれを許してくれなかった。

「ダメだよ逃げちゃ。溢れそうなここを、綺麗にしてあげないとね」

そう言って、真家さんが身を屈めてきたので、彼が何をしようとしているのか察してしまった。

「あっ……いや、やめて……」

「やめない」

そう言うなり、彼は私の腰をがっちり掴んで固定し、じゅるじゅると音を立てて蜜口を啜り始める。

「や……っ!!」

柔らかな唇と、這い回る舌の感触に腰の辺りがゾクゾクした。しかも、それをしているのが真家さんだと考えるだけで、体の奥からとめどなく蜜が溢れてきてしまう。

「……すごい、どんどん溢れてくる。こっちは……」

彼は蜜口から上に向かってべろりと舌を這わせる。そして、繁みの奥にある蕾を、舌の先で直に舐め転がした。その刺激はダイレクトに子宮へ響き、キュンキュンとそこを疼かせる。

「ああ……んんっ!! やッ……そんなことしちゃっ……」

「どうして? 気持ちいいでしょう。ほら、もっとよくしてあげる」

彼は舌で蕾を嬲りつつ、蜜口に指を入れて膣壁を擦ってきた。同時に与えられる刺激が強すぎて、意識がどんどん朦朧としていく。

――ダメ、真家さん上手すぎて……っ、もう無理……っ!!

「あ、あ、や……だめ、イッちゃう……、イッちゃう……ッ」

「好きな時にイッて」

股間で喋られると、吐息が当たってたまらない。その間も、真家さんはこれまで以上に舌と指の動きを速めてくるので、一気に快感が高まっていった。

「……っ、だ、めっ……あああっ――っ……」

快感が頂点に達して弾け、頭の中が真っ白になった。私は、そのまま後ろに倒れ込む。

「……はっ、は……あっ……」

肩で息をする私の足下では、体を起こした真家さんが、私から引き抜いた指に舌を這わせていた。

「薫は本当に敏感だね。つい、もっと啼かせたくなる」

優しい口調で微笑む真家さんだけど、瞳にはギラギラした熱を浮かべている。まるで美しく妖しい魔物のようだ。

「……っ、ひど、ひどいですっ……私ばっかり……」

真っ裸の私とは違い、真家さんはまだシャツもスラックスも身に着けている。それでいて、股間の辺りは、はっきりと反応を示しており、彼も熱くなっているのが容易に想像できた。

「じゃあ……薫が脱がせてくれる?」

「……っ、い、いいですよ……」

私が負けじと答えると、真家さんはベッドに長い脚を投げ出して座った。

私はシャツを脱がしてから、スラックスに取りかかる。

緊張で震える手で、彼のベルトを外し、ウエストのボタンに手をかけると、しっかりと反応している彼の股間に目がいってしまい、羞恥で顔が熱くなってきた。

その大きさにゴクンと喉を鳴らしながら、私はチャックを下ろし、彼の脚からスラックスを引き抜く。

残すは、ボクサーショーツ一枚のみだ。

意を決してショーツに手をかけ、一気に引き下げると、硬く反り返った彼の屹立が勢いよく現れて、心臓が大きく跳ねた。

――っ……大きいっ……

大きさにも驚いたけど、すでに下腹部にくっつきそうな彼の昂りに、一瞬言葉を失う。

「あなたが、私をこんな風にさせるんですよ」

「え……」

だから、もう挿れてもいいですか？　と囁かれ、私は黙って頷いた。

真家さんは枕元のテーブルの引き出しから避妊具を取り出すと、素早くそれを装着し、ベッドに寝かせた私の上に覆い被さってくる。

「薫。愛してる」

私を見つめる真剣な目に、吸い込まれそうになる。

「……っ、わた、私も……愛してます」

彼に応えて返事をすると、心底嬉しそうに笑ってくれた。

「嬉しい」

その笑顔が意外にも可愛くて、結構ツボで。お腹の奥がキュンキュン疼いた。

「……きて」

彼に手を伸ばし自分に引き寄せる。そして脇の下から手を差し込み、逞しい肩を掴むと、強く抱き締められた。

「薫……」

甘い囁きが耳をくすぐる。

真家さんは私の首筋に何度も何度も、強く唇を押し当ててきた。彼の唇は首筋を経て耳を甘噛みし、頬に吸い付いて唇に到達する。

「んっ……」

優しく下唇を食み何度かそこを啄んだ後、舌を差し込んでねっとりと私のそれに絡めた。

あっという間にキスが深くなる。

——……気持ちいい……

キスをしながら、彼の手が私の髪や首筋を優しく撫でる。それが心地よくて、だんだん頭がぼんやりしてきた。

「……薫……挿れるよ、いい？」

うっとりしている私の耳元で、キスをやめた真家さんが囁いた。それに夢見心地で頷くと、彼は少し身を起こし、ゆっくりと私の中に自分の分身を沈めてきた。

「ん……あ……っ！」

硬い屹立が、膣壁を擦りながら奥へと進んでいく。下腹部を満たす圧倒的な存在感に、私はしばし呼吸を忘れた。彼の全てが私の中に入ったところで、ようやく呼吸を思い出す。

「……動くよ」

ベッドに手を突き、彼がゆっくりと腰を動かし始めた。浅いところを何度か往復し、しっかり蜜を纏（まと）わせてから奥に向かって突き上げる。

彼は私の気持ちいい場所を探るように、屹立（きつりつ）を万遍なく中に擦り付けた。

「んっ……あっ……」

「どこが気持ちいいか、教えて」

緩急（かんきゅう）をつけて中を擦りながら、真家さんが私に尋ねてくる。

「……っよく、分かんな……」

きっと気持ちのいいポイントというものは存在するのだろう。けれど今の私に、そのポイントがどこだ、なんて彼に説明する余裕はまったくない。

「そう……じゃあ、ここは？」

涼しい顔をした真家さんが奥をズン、と突き上げる。

その瞬間、脳天まで快感が走り抜け、私の体がビクンと痙攣（けいれん）した。

「ひゃうっ!!」

これまでと明らかに違う反応をした私に、真家さんが満足そうな顔をする。

「そうか。ここが、薫の気持ちいい場所なんだね？　じゃあ……今夜はたくさん突いてあげよう」

「えっ……や、そんな……あっ、んっ……‼」

戸惑う私に構わず、彼はガツガツとそこを攻め始めた。

私の脚を脇に挟み、腰をがっちり掴んだ彼は、どこか恍惚とした表情で私を追い詰めていく。

「遠慮しないで感じて。もっと、よがってみせて」

「んっ……あっ……いやっ、もう、だめっ……あっ……」

パン、パン、と寝室に響く音の間隔がだんだん狭まっていく。と同時に、私の快感も高まっていった。次第に白く靄がかかってくる意識の中、私は夢中で彼に手を伸ばし、強く抱きついた。

「薫……」

上体を寝かせた真家さんの唇が私のそれを食み、噛みつくようなキスで私を追い立てる。

同時に彼の大きな手で乳房を激しく揉みしだかれ、先端の尖りを強く摘まれると腰がビクン！　と反り返った。

――だめ、同時になんてされたら、もう……っ
絶え間なく続けられる抽送と、胸への刺激とキスに翻弄され、快感がみるみるうち

に高まった。

それは私だけではなく真家さんも一緒だったようで、次第に吐息が荒くなり、表情も苦しげに変わる。

「……っ、は……い、っく……」

彼がそう漏らした途端、腰を打ち付ける速度が一段と速くなった。

私から少し体を離し、ベッドに両手を突いて激しく突き上げられると、もう何も考えられなくなってしまう。

「あ……っ、あ……い……いっちゃ……」

ぎゅっと目を瞑ると、彼が私を抱き締め最奥を強く突いた。

「く……っ出るっ……!!」

熱い吐息と一緒に漏れ出た彼の声に、私の中がきつく締まる。その瞬間、彼の体が痙攣し、ほぼ同じタイミングで、私も絶頂を迎えた。

達した後も、真家さんの腕はしばらく離れることなく、私を優しく抱き締めてくれた。

そんなところも、大好きだ。

私は彼の腕に抱かれながら、愛し合った余韻に浸ったのだった。

真家さんの部屋で私が目を覚ましたのは、朝の六時過ぎ。

枕元にあるテーブルのデジタル時計を確認して、一瞬ハッとするが、今日は休みだと思い出して脱力する。

――休みでよかった……ていうか、体、重い……

なんでこんなに重いのかと思って自分の体を見下ろすと、胸とお腹の辺りに真家さんの腕が絡みついていた。

そりゃ重いはずだわ、と納得しつつ、背後にいる真家さんを肩越しに振り返る。

すうすうと寝息を立てている真家さんの顔を、間近から眺める。長い睫と男らしく整った眉の形に息を呑み、額にかかった前髪にドキッとした。

――ほんと、綺麗な顔してる……

こんな男前が、あんなに激しいセックスをするなんて、なんだか嘘みたいだ。

はあ～、と一息ついてから、起き上がろうと、真家さんの腕を外しにかかる。

なるべく静かに、そっと動いたつもりだったのに、背後から「おはよう」と声をかけられてビクッとしてしまった。

「……起こしちゃいました？　ごめんなさい」

「いや。薫こそどうした？　もう起きるの？」

「はい、あの……着替えようと思って……」

なんせお互い素っ裸のままだ。この状態で朝日に照らされるのは、さすがに勘弁願いたい。

「もう少し、ゆっくりしていればいいのに」

真家さんが気怠そうに言って、再び私の体に腕を絡めてきた。

「ダ、ダメですよ。私は休みですけど、真家さんはお仕事でしょう？　そろそろ起きた方がいいんじゃ……」

「じゃあ、起きる前にちょっとだけ」

そう言うなり、私に覆い被さってきた真家さんが、チュッと触れるだけのキスをしてくる。しかし、それだけかと思いきや、彼の手が乳房を包み込み、両手で捏ね回し始めた。

「朝から薫と触れ合えるなんて、なんて幸せなんだ……」

真家さんはトロンとした表情のまま、私の乳房に顔を埋め何度もキスをする。そして、乳房の中心で尖り始めた頂をぱくりと口に含んだ。

「んっ……！」

起きがけとは思えない執拗さで、彼は私の乳首を舐めしゃぶってくる。

朝だというのに、熱い舌の感触に、否応なく下腹部が潤んできた。

——ここで流されちゃ、ダメっ……!!　真家さんは仕事なんだから……！

このままでは、なし崩しに行為に突入してしまうかもしれない。

「ちょっとだけじゃ、ないっ……もう、ダメっ……!!」

胸に吸い付く真家さんを力任せに押しのけ、私は転げ落ちるみたいにベッドから下りる。私に逃げられた真家さんは、ものすごく不満そうな顔をしてこっちを見ていた。

「そんなに力一杯逃げなくても。時間ならまだあるのに」

「……っ、朝からとか無理ですっ！　それに昨夜のせいで腰に力が入らなくって……ヘロヘロなんですっ」

「そうか、それは可哀想に」

「誰のせいですか！」

私の記憶が確かなら、昨夜はたぶん三回はした……はず。

その後のことはよく覚えていなくて、気がついたら今という感じだ。

私は、ベッドの近くに落ちていたバスタオルを体に巻き付け、なんとか立ち上がる。

「シャワー、お借りしますね」

「はい、どうぞ」

真家さんはベッドに頬杖を突いて、ひらひらと手を振り私を見送る。

シャワーを浴びる前、鏡に映った自分を見て、びっくりした。

体の至るところに、真家さんとの行為の痕（あと）がばっちり残っている。

――キスマークがこんなに……!!　し、真家さんったらっ!!

見えるところにないのは彼らしいが、胸や太股の内側に何箇所も赤い印をつけられて、困るような、嬉しいような複雑な気持ちになった。

軽くシャワーを浴び、着替えて寝室に顔を出すと、真家さんがベッドから出るところだった。

「私もシャワーを浴びてきます。冷蔵庫の中身は、ご自由にどうぞ。といっても、飲み物くらいしか入ってないんですけど」

「分かりました」

ボクサーショーツを身に着けただけの格好で、真家さんがバスルームに消えて行く。

それを見届けた私は、キッチンに移動し、お言葉に甘えて冷蔵庫を開けた。

中には、ミネラルウォーターと炭酸水、それと缶ビール。

本当に飲み物しか入っていなかった。

ちなみに食べ物はというと、野菜室にトマトが数個と、レタスが丸々一個入っているだけだ。

それを目の当たりにした私は、思わず首を傾げる。

——真家さんって、普段どんな食生活してるわけ……？

キッチンを見る限り、自分で料理をしているような感じはない。ちゃんとご飯を食べているのだろうか。

彼の食生活を心配しつつ、ミネラルウォーターを取り出し、コップに注いで飲んだ。

しばらくすると、シャワーを終え身支度を整えた真家さんが、リビングに現れた。

「お待たせしました」

さっきまでの寝起き姿が嘘みたいに、パリッとしたビジネスマンに変貌を遂げた真家さん。そのあまりの変わりぶりに、つい言葉を忘れて見入ってしまった。

そんな私に気づいて、真家さんが申し訳なさそうな顔をする。

「すみません。冷蔵庫の中、ろくにものが入っていなかったでしょう」

「はい。本当に。トマトとレタスしかなかったです」

「野菜を食べなければと思って買っておいたんです。レタスは適当にちぎって、トマトはそのまま齧ります」

手際よくネクタイを結びつつ、真家さんが苦笑する。

「食事って、いつもどうしてるんですか？　自炊とかは、しないですよね……」

「そうですね。食事は、ほぼ外食です」

それを聞いて、真剣に彼の食生活が心配になった。

あんなに忙しくしていながら、食生活を疎かにしていると、そのうち体に支障をきたしそうだ。

「あの……もしよければですけど、料理を作って、冷蔵庫に入れておいてもいいですか？」

思いつきだけど、これぐらいなら私にもできる、と提案してみた。

すると思いのほか、真家さんが大きな反応を示す。

彼はネクタイを締める手を止め、驚いたように私を凝視してくる。

「……薫さんが⁉　いやでも、あなたも仕事があるでしょう……」

「もちろん仕事がある日は無理ですけど、休日に常備菜を作って冷蔵庫に入れておくことはできます。うち、祖母が仕事を辞めるまでは、ずっとそうしてきたんで」

「薫さんのお家でも、ですか？」

真家さんが興味深そうに尋ねてくる。

「ええ。休日にまとめて料理を作っておけば、仕事から帰ってきてからの食事の支度がグンと楽になるんです。あ、もちろん、真家さんがイヤでなければ、ですけど……」

そう言って彼の顔を窺うと、いきなりつかつかと歩み寄られ、強く抱き締められた。

「イヤなんてとんでもない。あなたの手料理が食べられるなんて、ぜひお願いします」

ぎゅむ、と強く体を抱き締められ、思わず「苦しいっ……」と漏らす。

彼は慌てた様子で、すぐに腕の力を緩めてくれた。

「すみません。つい、嬉しすぎて」

「い、いいえ。いいんですけど。じゃあ、今度の休みに作ってきますね。それとですね、ちょっと気になったんですけど」

「はい？」

「なんで真家さん、また敬語になってるんですか？　ベッドでは違ったのに」

最初に抱かれた時もそうだったけど、行為の間、彼は敬語ではなかったように思う。

私のことも、薫と呼び捨てにしていたのに、何故か今は薫さんに戻っている。

私の指摘に、真家さんは銀縁の眼鏡をくいっと上げつつ首を傾げた。

「そうでしたか？　あまり、自覚がないのですが……もしかしたら、感情が高ぶって敬語を忘れてしまったのかもしれませんね」

私は、つい眉根を寄せて彼を凝視してしまう。

「感情が高ぶってる時って……さっきは寝起きでしたけど」

「それは単に、寝ぼけていたからですね。基本的に、誰に対しても敬語で接するようにしているのですが、もし薫さんが敬語が気になると言うなら、あなたといる時は使わないようにします」

「……そ、そうですね……どうしましょうか」

ずっと敬語だと、なんだか他人行儀な気がしてしまう。できれば、もう少しくだけた口調で接してもらった方が嬉しいように思う。だけど……

――敬語じゃない真家さんって、なんかエロい、というか……いつもより色気が増す気がするんだよね。

二人きりの時ならともかく、周囲に人がいる場所だと危険かもしれない。主に私が。

「じゃあ、二人きりの時は、敬語はなしでお願いします」

「分かった。善処するよ、薫」

「っ……もう⁉　対応早っ！」

すぐに口調を切り替えてきた真家さんに、言った側から照れてしまった。

出勤までまだ時間があると聞いた私は、仕事の前に、彼にちゃんとしたものを食べてもらいたくて、近くのコンビニまで走った。

レンジで温めるご飯と、焼き鮭のほぐし身が入った瓶詰めを買ってきた。手早くおにぎりを握って、フリーズドライの味噌汁と一緒に彼に出す。

「おお！　自宅でこんなに立派な朝食が食べられるなんて……」

リビングのソファーに腰掛け、目の前に置かれた簡単な朝食に、えらく感動している真家さんに、こちらは呆れるばかりだ。

「どこがですか……こんなので、感動しないでください」

「薫が握ってくれたおにぎり、というだけで充分感動に値するよ。で、これを渡しておく」

真家さんがシャツのポケットから出したものを、静かにテーブルに置いた。

それは、この部屋の合鍵だった。

「……いいんですか？」

「もちろん。いつでも来てくれて構わない。なんなら住んでくれてもいいよ？」

にっこり微笑みながら言う真家さんに、「それは遠慮します」と笑いながら返した。

「でも、ありがとうございます。今度、もっとちゃんとした食事を作って、冷蔵庫に入れておきますね」

「ありがとう。楽しみにしてるよ」

真家さんは私が作った朝食を、綺麗に平らげた。

食器を片付け、彼の出勤に合わせて部屋を出た。出勤のついでに、家まで送ってくれるという彼の言葉に甘えて、車に乗り込んだ。

「忙しいのに、すみません。近くまでで大丈夫なので、途中で降ろしてくださいね」

「了解。それよりも、本当に薫のご家族に挨拶しなくていいの？　外泊することについて、なんて説明したんだ？」

この質問は、答えにくくて肩を竦めるしかない。

「あー……友人の家に泊まるって言ってあります。男性のところなんて言うと、詮索がすごいんで……」

なんせうちの家族は女だけだから、そういう話になると学生みたいにキャッキャするのだ。

「そう。でも、近いうちに挨拶だけはさせてほしい。外泊するにしても、相手が分かっていれば、ご家族も安心するだろうし」

「……はい。分かりました、言っておきます」

彼が私の家族にも誠実に対応してくれるのは、すごく嬉しい。本当に、私とのことを真剣に考えてくれているのだと感じて、じんわりと胸が温かくなる。

自宅の近くで停めてもらい、車を降りた。

私は見えなくなるまで彼の車を見送り、家路につく。

最近少しずつ、彼と一緒にいるのが自然に感じられるようになっている。

そんな自分の変化が、嬉しかった。

7

真家さんの同僚の婚約パーティーが催される日。夜七時を迎え、店内は慌ただしく準備に追われていた。

「一杉さん、料理はどこに置きますか」

パーティーの料理をお願いした業者さんが、料理を搬入してくる。私はあらかじめ準備しておいた場所へ業者さんを誘導した。

「オードブルは、ここにお願いします。他の料理は一旦バックヤードに……」

納品された料理を全て確認してから、外に出て業者さんを見送る。ちょうどそこへ、真家さんがやってきた。彼の姿に顔が緩みかけたけれど、すぐ後ろに寒川さんの姿が見えて、表情が強張る。

――げっ……あの人もいるのか……

同じ事務所の同僚なのだから当然と言えば当然だが、私としては複雑だ。

私の姿を見つけ、真家さんの顔に笑みが浮かぶ。同時に、寒川さんのヒールの音も近づいてきた。

「薫さん、こんばんは。今日はよろしくお願いします」

「こちらこそ、本日はありがとうございます。どうぞ中へ」

あまり恋人らしくない挨拶を交わす私達を見て、寒川さんがクスクスと笑い出した。

「やだ、二人は付き合ってるんじゃないの？　やけに他人行儀ね」

真家さんの背中をパシパシ叩きながら、彼女の鋭い視線が私を捉える。

私が返答に困っていると、真家さんが口を開いた。

「そうですか？　二人きりになったら、必要以上にベタベタしていますよ。それこそ、周囲が引くくらいにね」

淡々と表情を変えずに話す真家さんは、最後に私を見て「ね?」と同意を求めてくる。

わざと寒川さんを煽(あお)るようなことを言う真家さんに、ギョッとしてしまう。

言われた寒川さんも、目を見開いて驚いた顔をしていた。

「……あっそう」

完全に目が笑っていない寒川さんが、真家さんの後に続いて店の中に入って行く。

──なんだか先が思いやられるな……

一抹の不安を感じながら、私も店内に戻った。

幹事である真家さんに、今日の料理とドリンクに関する説明をしている間に、ポッポッと事務所の人達が到着し始める。

パーティーではあるが、みなさん仕事を終えてそのまま来ているらしく、かっちりした格好の人が多い。年齢層は二十代前半から六十代くらいまでと、かなり幅広いようだ。

──そういえば、星名君って今日は来ないのかな?

そんなことを考えながら、フリードリンク用のグラスをフロアのテーブルに並べていると、寒川さんが近づいてきた。

「喉渇いちゃった。お水もらっていいかしら」

「はい。どうぞ」

グラスに注いだ水を渡すと、彼女はにっこりと微笑んだ。

「ありがとう。それにしても、随分豪華な料理ねぇ。カフェメニューにこんなのあったかしら」

パーティーの最初には、サラダや軽めのお肉料理などを盛り付けたオードブルと、数種類のドリンクをピッチャーで用意してある。

寒川さんは色とりどりのオードブルを興味深そうに眺めていた。

「カフェでは軽食しかお出しできないので、パーティーのお食事は希望に応じて提携しているお店からケータリングします。本日お出しするお料理は、体に優しく美味しいと評判のお店にお願いしました」

「体に優しい？　どういったところが？」

料理に興味を持った様子の寒川さんに、今回の料理について簡単に説明する。

「こちらのお店では、厳選した国産の食材を多く使用しています。料理に関しても、カロリーは抑えめながら、しっかり満足感も得られると好評です。こちらのハンバーグには、お肉と一緒にお豆腐が使われていますし、揚げ物の油も体にいいと言われている米油を使用しています」

「ふーん、結構こだわってるのね」

「はい。お野菜も、とても味が濃くて美味しいですよ。ぜひ召し上がってください。また、当店でお出ししているカフェメニューもご注文いただけますので、よかったらご利用ください」

私の説明を黙って聞いていた寒川さんが、おもむろに視線を料理から私に移す。

「はい」

「コーヒーはあなたが淹れるの？」

「そういえば前も淹れてたっけ？　最初はただの接客係かと思ったけど、そうじゃなかったのね」

表情は穏やかだけど、言葉には多分に棘が含まれている。

――ただの接客係って……この場でそういうこと言う⁉　勘弁してよ……

さすがにイラッとしたものの、なんとか営業スマイルを保つ。

「恐縮です」

笑顔を崩さない私に、寒川さんはふんっ、と鼻息を荒くした。

「でも、あなたを真家の彼女と認めたわけじゃないから。そこは勘違いしないで」

こんなあからさまに敵意をぶつけられたら、なんと返したらいいのか分からなくなる。

「……失礼します」

仕方なく会釈だけして、その場から離れた。

――認めたわけじゃないって……なんで寒川さんの承認が必要なのよ！

　確かに弁護士は誰にでもなれる職業ではないし、なるまでにものすごく努力したんだろうと思う。

　だけど、私達だってこの仕事にプライドを持っているし、日々努力もしている。私達の仕事を下に見るような寒川さんの発言には納得できなかった。

　モヤモヤしながらカウンターに戻ると、ちょうど今夜の主役が来たようで、店のあちこちで歓声が上がった。

「主役きたよー。こっちこっちー!!」

　寒川さんがいち早く二人をフロアの中央に誘導する。そこへ、真家さんともう一人の女性が歩み寄り、大きな花束を手渡した。

「横関(よこぜき)さん、河西(かさい)さん、ご婚約おめでとうございます」

「わー、ありがとうございますー!!」

　花束を渡された二人は、照れくさそうにしながら、周囲に何度も頭を下げている。

　カウンターの中で拍手をしながら、主役の二人を眺める。

　真家さんの話だと、男性は真家さんと同期で、女性はその二年後輩なのだそうだ。社内恋愛でひっそりと愛を育(はぐく)み、この度めでたく婚約したのだと聞いた。

　幸せそうに微笑む二人を見ているうちに、ざらついた私の心が落ち着いてくる。

　ほっこりしながら、軽食のサンドイッチをフロアに運んで行くと、寒川さんを含めた数人の女性に囲まれる真家さんが目に入った。

寒川さんは真家さんの隣を陣取り、話しながら自然に彼の腕や背中に触れている。他の女性達も、笑顔で真家さんに話しかけていた。当の真家さんは、超真顔だけど……

——しかし、モテるなぁ、真家さん。……それに、寒川さん触りすぎじゃない？

気にはなるけど、今日の私はフロアスタッフとしての仕事があるので、彼を見てばかりはいられない。

モヤモヤを抑え込み、フルートグラスに注いだシャンパンを、他のスタッフと手分けしてお客様に配る。

グラスが全員にいき渡ったところで、幹事である真家さんが乾杯の挨拶をした。

その後、フロアは自由に歓談する人達で賑わい始める。

そんな中、忙しくフロアを回り、空になったグラスを回収する私の側に、真家さんがやってきた。

「薫さん、いろいろとありがとうございました」

空いたグラスを私に渡しながら、真家さんが微笑みかけてくる。

「いえ、こちらこそ。当店でこんなに素敵なパーティーを開いてくださって、ありがとうございます。幸せな二人を見ていたら、私もなんだか気持ちがほっこりしました」

人の目があるので、あくまで店の人間としてお礼を言う。そんな私を見て、何故か真家さんが、真顔で尋ねてきた。

「……薫さん、何かありました？」

こちらを窺うような視線を向ける真家さんに驚き、胸が小さく跳ねた。

「い、いえ？　何も……」

「本当ですね？　何かあったら、どんな小さなことでも、私に言ってください」

「……わ、分かりました」

私を気にかけつつ、真家さんは同僚に呼ばれてフロアに戻って行った。

──やだな、なんで分かったんだろ……。

自分にそのつもりはなくとも、無意識のうちにモヤモヤした気持ちが顔に出ていたのかも。このままではいけないと、気持ちを切り替える。

──うちの店を選んでくれた真家さんの顔を潰さないように、今は精一杯のおもてなしを心がけなければ。

気を引き締めた私は、オーダーの入ったコーヒーを、丁寧に淹れるのだった。

全ての料理を出し終え、パーティーも中盤に差しかかった頃。

先ほどまでの忙しさも落ち着き、フロアを見回っていた私は、寒川さんに呼び止められた。見たところ、彼女はすでにほろ酔い状態のようだ。

「ねえ、アルコールのメニューをもらえるかしら?」

「はい。こちらになります」

彼女はメニューを見ながら、近くにいる人の分と合わせて生ビールを五杯オーダーした。

一度カウンターに戻り、オーダーされたビールをトレイに載せて運んできた時だった。

「ねえ、お手洗いどこ? 奥?」

私に気づいた寒川さんが、おもむろに立ち上がって尋ねてくる。

「はい、右手奥にございます」

「あっそう、じゃ行ってこよーっと……とと」

トイレに向かって歩き出した寒川さんだったが、酔っ払っているせいか、ぐらりとバランスを崩した。派手によろけた彼女は、咄嗟に近くにいた私の肩を強く掴む。

その衝撃で、トレイの上でビールの入ったグラスが倒れ、そのいくつかが床に落ちていった。

——割れる!!

ガシャーン!! という大きな音がフロアに響き、床の上でグラスが割れてしまった。

「きゃあっ!!」

寒川さんが悲鳴を上げて、床に落ちたグラスと私を交互に見ながら眦を上げる。

「ちょっと、靴にビールがかかったじゃない!!」

その大きな声に、周囲の人達の視線が集まってくる。

一瞬で静まり返ったフロアの雰囲気に、背筋がひんやりし、慌てて頭を下げた。

「申し訳ありません。お怪我はございませんか？」

「もう、ちゃんとしてよね!!　……あーあ、……どうしてくれるのよー、これ」

「申し訳ありません。今すぐ、片付けますので」

寒川さんの視線を背中に感じながら、小島さんに新しいビールをお願いし、他のスタッフと急いでバックヤードから掃除道具を持ってきた。しかし、私達より先に、床に散らばるグラスの破片を拾っている男性がいる。——真家さんだ。

「真家さん……！　すみません、怪我をしてはいけませんので、私がやります」

「大丈夫ですよ。破片は私が拾いますので、濡れた床を拭いてください」

そう言って真家さんは、大きな破片を拾っては、私の持ってきたちりとりに入れていく。そんな彼を、寒川さんが非難した。

「ちょっと、真家がそんなことしなくていいわよ。落としたのは、この人なんだから」

彼女の言葉にズキンと胸が痛んだ。でも、実際にその通りなのだから、何も反論できない。

黙って片付けを進める私に代わり、真家さんが椅子に座った寒川さんを見上げる。

「誰が落としたとか、そんなことは関係ない。今はここを片付けるのが先でしょう。手が多ければそれだけ早く済む。そんなことも分からないんですか」

淡々と正論を告げる真家さんに、寒川さんは眉をひそめて黙り込む。

「はいはい、じゃあ、さっさと片しちゃいましょう！」

そう言って、真家さんの同僚数人が集まってきて片付けを手伝ってくれる。

「申し訳ありません、ありがとうございます」

「いえいえ、大丈夫ですよ」

「そうそう。気にしないで」

場の空気を変えようとしてくれているのか、手伝う人達はみんな明るい。

そんな彼らの優しさが、胸に沁みた。

グラスの破片と、床に零れたビールを片付け、改めて私は真家さんに頭を下げる。

「ごめんなさい、真家さん……」

「なんで謝るんです。薫さんは何も悪くないでしょう？　気にしないで」

そう言って微笑む真家さんは、何事もなかったように離れていった。その背中を見つめながら、胸に申し訳ない気持ちが込み上げてくる。

こうしたトラブルはよくあることだけど、何故かどうしようもなく気持ちが落ち込んでしまう。

けど、まだパーティーは終わっていない。

どんなに気持ちが沈んでいても、仕事の手は止められないのだ。

私は気持ちを切り替え、今まで以上に、忙しく動き回った。

その間、何度も寒川さんが私を睨み付けてくる視線を感じた。ちらっと様子を窺うと、不機嫌さを隠さない彼女の周りは、なんとなく空気が重い。

どうしたものかと思案していたら、いつの間にか真家さんが寒川さんの隣に移動していた。しばらくすると、寒川さんの表情に明るさが戻ったように感じる。

――もしかして、フォローしてくれた？

そう思うと、余計な気を使わせてしまったことを申し訳なく思う。

今日は彼にも、もっとのんびりとした楽しい時間を過ごしてもらいたかったのに……

胸にモヤモヤを抱えつつ時間は過ぎて、パーティー終了時刻が近づいてきた。

その後は大きな問題はなく、ケータリングの料理も、店で作った軽食のサンドイッチやデザートもとても好評で、ほとんど残らなかった。

オーダーごとに淹れ立てを提供したカフェの評判もよく、中には気に入って何杯も注文してくれる人までいて、本当に嬉しかった。

「ご馳走様でした〜！　お料理もコーヒーも美味しかったです!!」

「今度、コーヒーを飲みに来ますね」

更に、外でお客様を見送るスタッフに、みなさん優しい声をかけてくれた。

「ありがとうございました。また、お待ちしております」

やっぱり相手に喜んでもらえると、胸にポッと灯(とも)りが点ったように温かい気持ちになった。

しかしここでまた、険しい表情の寒川さんが私に近づいて来たので、思わず体が縮こまる。

「寒川さん、先ほどは本当に申し訳ありませんでした」

彼女が口を開く前に頭を下げた。しかし彼女はそれに反応することなく、私の耳に顔を近づける。

「自分の失敗を真家にフォローさせるなんて、どういうつもり？」

「そっ……」

それは、と弁解の言葉が出そうになる私に、寒川さんの冷たい視線が突き刺さる。

「彼が普段、どれだけの仕事を抱えていると思っているの？　ただでさえ大変なのに、こういう場でも彼女のフォローをしなきゃいけないなんて、彼が可哀想すぎるわ。今日のことでよく分かったでしょう？　あなたは真家に相応(ふさわ)しくないのよ」

睨(にら)み付けてくる寒川さんに、言い返すことができない。

私が黙ったままでいると、寒川さんの近くにいた彼女の取り巻き女子が、怪訝(けげん)そうにこっちを見てひそひそと囁き出す。

「この人が真家の彼女なの……？」

「ええ、嘘……」

私が真家さんの彼女だということに対し、明らかに納得していない。その囁きが耳に入ってしまい、更に胸が苦しくなった。

「……行きましょう」

何も言い返さない私に戦意を喪失したのか、寒川さんが鼻息を荒くしながらここから去った。

さっきまで温かい気持ちだったのに、今のやり取りですっかり気持ちが冷え切ってしまった。それでもなんとか全てのお客様をお見送りした私は、ドアにクローズドの札をかけて店の中に戻る。

店内には、私と小島さん、数人のアルバイトスタッフと、パーティーの幹事だった真家さんが残っていた。彼は、笑顔で私に歩み寄ってくる。

「お疲れ様でした……薫さん？　何かありました？」

「え？　あ……いえ、何もないです、大丈夫です」

「そうですか？　それならばいいのですが」

さらっと誤魔化したら、一瞬真家さんの表情が曇ったけれど、すぐに笑顔に戻る。

「薫さん、今日はありがとうございました。主役の二人もとても喜んでいましたよ」

笑顔の真家さんに、私も笑顔を返す。

「いえ、こちらこそありがとうございました。でも途中、お騒がせしてしまって、申し訳ありません……」

私が寒川さんと接触してグラスを落としてしまったことで、明らかに場の雰囲気を悪くしてしまった。

落ち込む私に、真家さんが静かに首を振る。

「さっきも言いましたが、あなたは何も悪くないのだから、謝らないでください」

「でも……」

「寒川の言うことなど気にしなくていい」

「……」

驚いて真家さんを見た。彼は表情を変えずに、じっと私を見つめてくる。

そんな彼の視線から逃げるように目を逸らした私は、さっきの寒川さんと女性達のことを思い出していた。

彼に気にするなと言われても、あんなことを言われたら気にせずにはいられない。それに寒川さんの近くにいた女性達の態度も、私にとってはショックだった。思い出すだけで、彼女達の私を見る視線は、どう見ても好意的なものではなかった。

私のメンタルのゲージがごりごりと削られていく気がする。

真家さんに好意を持つ寒川さんが、私を気に入らないのは仕方ないと思う。だけど、他の女性からもよく思われないのだと思うと、予想以上に大きなダメージを受けてしまった。

──そんなに、カフェ店員が真家さんと恋愛するのは許せないのだろうか……

これまで、周囲の目のことなど全然気にしなかったのに、どうしてだろう。

今日は、やけにそのことが気にかかる。

真家さんの言葉に反応せず黙り込んでいる私に、側でやり取りを見守っていた小島さんが、突然何か思い出したように声を上げた。

「片付け!! 片付けしなきゃ!! ほら、行こう!」

彼女は、わざとらしくアルバイトスタッフに声をかけ、彼らと一緒に空いた食器を持って厨房へ行ってしまった。

──小島さん、私達に気を使ってくれたんだな……

結果的に、フロアには、私と真家さんだけが残された。

「彼女、気を使ってくれたようですね」

真家さんが、ふうっと息を吐き出す。

「真家さんも、今日はお疲れ様でした。片付けはこちらでやるので、もう帰っていただいて大丈夫ですよ」

「お待ちしてますよ。家まで送ります」

その申し出に、私は即座に首を横に振った。

「いいえ。今日は一人で帰ります」

正直、今は彼の隣にいることが辛い。できるなら、早く一人になりたかった。

本当の気持ちを胸に秘めたまま、私が彼から目を背（そむ）けると、いきなり腕を掴まれた。

「薫、どうした？」

少し焦ったような真家さんの声と、掴まれた腕の力強さにおののいてしまう。

「なんでもないですっ、それより、腕……」

痛いです、と目で訴える私に、真家さんがハッとしてすぐ手を放した。

「申し訳ない。だが、グラスを落とした時のことは、明らかに寒川が悪い。自分の非を認めないところもだが、君に対する態度は正直目に余るものがあった。今後そうしたことがないように、彼女には私からきちんと言っておくから」

それを聞いてギョッとした。

寒川さんにああ言われた手前、更に真家さんに私のフォローをさせるべきではないと思ってしまったから。こんなことじゃ、ますます相応（ふさわ）しくないと思われてしまう。

「ちょ、ちょっと待って！　そんなことしないでください。それに、寒川さんは先輩なんでしょう？　関係が悪くなったらどうするんですか!!」

「寒川との関係など、どうなったって構いはしない」

そんなこと大したことではないとばかりに、ケロリとしている真家さんに、こっちが慌ててしまう。

「ダメですって!!　もし仕事に影響が出たりしたら、どうするんです……」

「これくらいのことで支障が出るようなら、その程度の能力しかなかったというだけだ。それより、私は君のことを守りたい。君を傷つける人間は誰だろうと、許さない」

言われた内容が内容だけに、戸惑いと混乱で、すぐに言葉が出てこない。

――ずるい……そんなこと言われたら、彼の腕に縋りたくなってしまう……

何より私のことを想ってくれるのが嬉しい。けど、寒川さんが言っていた、真家さんが普段どれだけ大変かという言葉が頭を掠める。

今のままじゃ、私が、真家さんの負担になっちゃう。こんなんじゃ彼女失格だ……

何も言えずに黙っている私に、真剣な表情で真家さんが続ける。

「私にとっての一番は君だ。君を悩ませる問題があるなら、何を置いてもそれを解決したい。そのためなら、私はどんなことだってできる」

「し……真家さん!!」

「だから薫。一人で悩まないでくれ。何かあるなら、ちゃんと話してほしい」

彼の気持ちは嬉しい。けど、今はそれに素直に甘えることができなかった。

「ありがとうございます。嬉しいです。……でも、今日は一人にさせてください。お願いします」

彼の目を見ながら強く訴える。すると、真家さんは諦めたように、ふうっと息を吐いた。

「分かった。今夜は帰るよ。……おやすみ」

「おやすみなさい……」

静かに鞄を手にした真家さんは、コツコツと靴音を立てながら店を出て行った。それを見送った私は一気に脱力し、テーブルに手を突いてぐったりする。

今更ながらに、彼の言ってくれた言葉がじんわりと胸に沁みた。

『一人で悩まないでくれ』

あそこまで私のことを想ってくれる真家さんには感謝してもしきれない。

グラスが落ちた時だって、彼は真っ先に飛んできて片付けを手伝ってくれた。

優しくて、惜しみなく愛を注いでくれる彼が大好きだ。前よりも、もっともっと好きだって思う。

だけど、彼のことが大好きだからこそ、相手が私で本当にいいのかと不安になってしまった。

頭では、そんなこと気にする必要はないと分かっている。けれど、実際に陰口や冷たい視線を浴びると、強固だったはずの気持ちがぐらついてしまう。

――彼の重荷にだけはなりたくないのに……

寒川さんとのことで生じた胸のモヤモヤは、家に帰った後も簡単に消えてくれなかった。

8

パーティーの後、一日休みをもらった私は、その翌日の昼頃に出勤した。

休憩室に行くと、小島さんがサンドイッチを摘まんでいるところに出くわす。

「おはようございます、小島さん。あれ、もしかしてそのサンドイッチ、今度レギュラーメニューになるパストラミビーフ……？」

私の意識は彼女の持つサンドイッチに釘づけになる。だけど小島さんは、私の顔を見るなり血相を変えて飛んできた。

「薫さん、あの後大丈夫でした⁉」

「え？　あの後って……」

「彼氏さんですよ！　パーティーの後、なんか二人の雰囲気おかしかったじゃないですか。すごく気になってたんですけど、昨日は薫さんお休みだったし」

「あー……」

そうだった。小島さんはあの場にいて、私達のやり取りを見ていたのだった。

「彼氏さんと喧嘩したんですか？」

「ううん、喧嘩はしてない。そうじゃなくてね……」

心配そうに私を見つめる彼女に、あの夜のことを正直に打ち明けた。

グラスを落として寒川さんの機嫌を損ねた結果、一時的に場の雰囲気が悪くなったこと。そして寒川さんに言われた言葉や、その周囲の女性からの視線についてなど。

それを黙って聞いていた小島さんだったが、彼女の眉間に次第に深い皺が刻まれていく。

「何それ！　そんなの、完全に相手にされない女の僻みじゃないですか」

「でもさ……なんか、私と付き合っていることが、真家さんにとって何かしらのマイナスになってしまうなら、私は側にいない方がいいんじゃないかって気になっちゃって……」

「そんなことないですって！　彼氏さん、すごく薫さんのこと大事にしてるじゃないですか。グラス落とした時だって、すぐに薫さんのところに飛んできたし」

「うん……」

あれは、私もすごく嬉しかった。彼の優しさが胸に沁みたし、心から好きだなって思った。

でも、そんな優しくて素敵な人だからこそ、隣にいるのが本当に私でいいのか不安になるのだ。

もしかしたら、もっと彼に相応しい人がいるんじゃないかって……

考えれば考えるほど、答えが出なくて落ち込んでくる。

しょぼくれる私に、小島さんが神妙な顔で口を開いた。

「本当は、黙っててくれって頼まれたんですけど……昨日、彼氏さんが店に来たんですよ」

「え？　そうなの？」

「彼氏さん、自分が帰った後の薫さんの様子を教えてくださいって。薫さんに元気がなかったようだからって。すごく、心配してましたよ」

「そっか……参ったな」

どうやら、自分で思っている以上に、彼に心配をかけてしまっているみたいだ。

悄然とする私を見て、小島さんがため息をつく。

「二人がちゃんと思い合っているなら、外野なんかどうでもいいじゃないですか」

そうできたら、どんなにいいだろう。真家さんのために、自分はどうしたらいいのか。

それが一番大事なのに、どんなに考えても答えがまったく浮かんでこない。

「とにかく、彼氏さんめっちゃ心配してますからね⁉　早く顔見せて安心させてあげた方がいいですよ」

小島さんはそう言うと、食べかけのサンドイッチを口に放り込んで業務に戻って行った。

彼女の背中を見送った私は、力なく休憩室の椅子に座り込む。

「二人がちゃんと思い合っているのなら、かぁ――……」

真家さんとは、パーティーの後から、連絡を取っていない。本当なら、昨日は常備菜を作って、彼の家に届けるはずだったのに……

私は椅子に座ったたまま、はあ～と重いため息をつくのだった。

それから数時間後。私は店のお使いで、近所の郵便局まで来ていた。

待合席に座ろうとしていた私は、ちょうど窓口で用事を終えた寒川さんと出くわしてしまう。

「あっ……こ、こんにちは……」

「……」

つい条件反射で声をかけてしまったが、彼女の方も驚いているようだった。

「……こんにちは。まさか、あなたとこんなところで会うなんてね」

会いたくないと思っている人に限って、どうしてばったり会ってしまうのか……

寒川さんを見ると、どうしても先日のことが思い出されて気が重くなる。それでも、
真家さんと寒川さんの関係が悪くなるのは避けたいという思いから、私はすぐに頭を下
げていた。

「あの、先日はすみませんでした。……濡れた靴は、大丈夫でしたか？」

そう尋ねる私に、彼女はこちらを一瞥した後、ふうっとため息をついた。

「大丈夫よ。そこまでひどく濡れたわけじゃないし……」

どこか気まずそうに、私から顔を逸らして彼女が言う。

「……そう、ですか。よかったです。……それでは、私はこれで」

「ええ、じゃあね」

軽く会釈して、彼女と別れた。私はまだ窓口に用があったので待合の長椅子に座った
のだが、彼女は局内の奥の方へ歩いて行った。

――よかった……

無視されても仕方ないと覚悟していたが、彼女の態度は少し軟化していた。そのこと
にひどくホッとした。

彼女が私のことを気に入らないのは、もう仕方ない。だけど私のせいで真家さんの仕事になんらかの影響が出てしまうのは困る。

――さすがに仲よく、とまではいかなくても、できるだけ禍根はない方がいい。いいに決まっている。

いくらか気持ちも落ち着いた私が窓口での用事を終え、郵便局を出ようとした時だった。

私の数メートル前を寒川さんが歩いているのに気がつく。後ろを歩きながら挨拶すべきか悩んでいると、いきなり目の前から彼女の姿が消えた。

――あれっ……？

あまりに突然姿が消えたので、瞬間移動でもしたのかと思った。

もちろん、そんなことはあるわけない。よく見ると自動ドアを出た先で、地べたに尻餅をついている寒川さんの姿があった。

――えっ。もしかして転んだ？

状況がよく分からないが、とにかく慌てて彼女のもとへ駆け寄った。

「寒川さん、どうしたんですか？」

地面にぺったりと座り込んだ寒川さんは、これまで見たことがないくらい頼りない表情で私を見上げてくる。その手は膝丈のタイトスカートから出ている足首を擦っていた。

「そこの段差にひっかかって……転んじゃった……」

「えっ……大丈夫ですか⁉」

「ど、どうしよう、足首やっちゃったみたい……」

そう言って、痛そうに表情を歪(ゆが)めている。

今までの自信たっぷりな彼女からは考えられないくらい、頼りなげな姿にこっちが慌ててしまう。

「ちょっといいですか？」

彼女が手で押さえている足首を見せてもらう。ひどく擦りむいているとか、血が出ているとかはなさそうだ。ただ捻(ひね)ったと思われる足首が、腫(は)れているような気もする。

かといってずっとここに座り込んでいるわけにもいかない。

「……とりあえず、立てそうですか……？」

しかし寒川さんは、眉を八の字にしたまま、今にも泣き出しそうに首を横に振った。

「無理……」

「えっと……じゃあ肩を貸すので、ゆっくり立ち上がってみましょうか」

肩に掴まってもらい、彼女の腰を支えてなんとか立ち上がらせた。

「よかった、立てましたね」

ホッとしたのも束の間、寒川さんの表情は厳しい。

「立てたけど……ダメ、あ、歩けない……」

「えっ」

「ここから事務所までなんて、とてもじゃないけど歩けない……」

「えええ!! じゃ、じゃあタクシー……」

と思って周囲を見回すけど、ここは立地的にタクシーがあまり通らない。それに、呼んだとしても時間がかかる。

だんだん顔色が悪くなってくる寒川さんに、このままではいけないと考えを巡らせる。

ここからうちの店までは、歩いて数分の距離だ。そこまでなら、なんとかなるんじゃないかな?

――よし、そうなったら……

私は彼女の腕を自分の肩に乗せ、体勢を低くした。

「背負いますので、乗ってください」

私の提案に、寒川さんは驚きの声を上げる。

「えっ。まさか……あなた背負って事務所まで行くつもり!? 無理よ!」

「事務所までは無理ですけど、うちの店ならここから近いので、たぶんいけると思います。その代わり、私の荷物を持っていただけますか」

戸惑いながら、寒川さんはじっと私を見つめている。

「本当に、大丈夫なの？」

「はい」

私は彼女を安心させるよう、笑みを浮かべた。

「……分かったわ。よろしく……お願いします……」

私のバッグを持った寒川さんが、背中に体重を預けてくる。

――うっ。重い……

だけど、彼女がしっかり掴まってくれたおかげで重心が安定し、なんとかいけそうだ。

私がスタスタと歩き出したことに、寒川さんは衝撃を受けたようだった。

「あ、あなた、すごいわね……」

「はは……私、昔姉と、じゃんけんで負けた方が相手を背負って帰るっていうゲームを、よくやってたんです。きっと、そのおかげじゃないですかね」

まさか、子供の時の遊びが、こんなところで役に立つとは思わなかった。

しばらく歩いて行くうちに、だいぶ重さに慣れてきた。そもそも、寒川さんは意外と軽いかもしれない。たぶんこの人、体重五十キロないんじゃないかな。

「……私、人を背負ったことなんか一度もないわ……」

寒川さんが背中でブツブツ言っている間に、店に到着する。すぐに私達に気がついた小島さんが飛んできた。

「ど、どーしました⁉　何かあったんですか？」

「うん、偶然、郵便局で会ってね……ちょっと」

驚く小島さんに状況を説明する。彼女は、私の背中から下りる寒川さんを支え、空いているカウンターの椅子に彼女を座らせた。

椅子に座って少し落ち着いたのか、寒川さんが私達に頭を下げてくる。

「仕事中に、迷惑をかけてしまって、ごめんなさい……」

「気にしないでください。困ってる時は、お互い様なんで。えっと連絡は、真家さんにすればいいですか？」

私が彼に連絡をするためバックヤードに行こうとすると、寒川さんが焦った様子で私を止めた。

「ちょっと待って！　し、真家に連絡するの⁉」

「はい。私、真家さんの連絡先しか知らないので。それとも、ご自分で連絡しますか？」

「……自分でするわ」

彼女はバッグからスマホを取り出すと、どこかに電話をかけ始めた。

「あ、もしもし、寒川です。仕事中にごめん……ちょっと転んで足首を捻っちゃって。今、この前パーティーをやったカフェで休ませてもらってるの。申し訳ないけど、誰か迎えに来てくれないかしら……ええ、車でお願い。病院にも行きたいから。忙しいところ悪いんだけど……」

いつもの自信たっぷりな寒川さんからは、考えられないくらい低姿勢な物言いに、密かに驚く。

電話を終えた寒川さんは、申し訳なさそうに私と小島さんを見た。

「事務所に迎えを頼んだんだけど、今、車を出せる人の手が空いてないらしいの。それで、本当に申し訳ないんですけど、ここで三十分くらい待たせてもらってもいいかしら……」

寒川さんのお願いに、私達はもちろんです、と快諾した。

「あ、ありがとう……助かります」

ひとまず、応急処置として店にあった湿布を足首に貼り、ゆっくりしてもらった。

彼女はカウンターに肘を突き、顔を覆って項垂れてしまう。

そんな寒川さんを見ていたら、ちょっと不憫に思えてしまった。

そこでふと、以前お店に来てくれた彼女がソイラテを注文していたのを思い出す。私は、項垂れる彼女の前に、カップに入れたソイラテをそっと置いた。

「え。これ……」

「サービスです。よかったらですけど」

私が微笑むと、寒川さんはふるふると首を振った。

「いいえ、ありがとう。嬉しいです……」

そう言ってフワッと笑った寒川さんは、とても優しい顔をしていた。

――この人、こんな顔もするんだな……

初めて見る穏やかな表情は、彼女のこれまでのイメージとはまったく違う。我ながら単純だけど、先日の辛辣な言動が、嘘のように思えてくるから不思議だ。

その後、私達が通常業務に戻ると、常連さんが続々と店にやって来た。

まずは、佐田さんという高齢の男性だ。いつも一人でふらりと店にやってくる。

「こんにちは～。一杉さん、いつものくれる？」

「はい。今日はミルクどうしますか、多めにします？」

「うん、そうしてくれる？」

佐田さんは、元々はコーヒー好きだったが、最近カフェラテの美味しさに目覚めたようで、そればかり頼むようになった。ミルクの量もその日の気分で決めたりするので、毎回ミルクの分量を聞くのがお決まりになっている。

次に来店したのは、近所にお住まいの小さいお子さんのママさんだ。

「こんにちは～！　今日はまだあのサンドイッチありますか？　あ、あった」

慌てた様子で来店したママさんが、ショーケースの中のサンドイッチを指差す。

「はい。まだありますよ。二つですよね」

「はい！　よかったー、もう売り切れちゃったかなって心配してたから」

こちらのママさんはいつも、店で作っているフルーツサンドを買いにくる。幼稚園に通うお子さんがこのサンドイッチの大ファンらしく、こうしてパート帰りに店に寄ってくれるのだ。

彼女のように、うちのコーヒーではなく、フードが好きと言ってくれるお客様も結構いた。

だから私達は、うちで提供するものは全て美味しい、と自信を持ってお客様に薦めているし、それがお客様に伝わった時は嬉しくて幸せになる。

私の毎日は、こういう小さな幸せの積み重ねでできているのだ。

「いつもありがとうございます。また、お待ちしています」

袋に入れたフルーツサンドを渡すと、ママさんは満面の笑みを返してくれる。

「来週、また来ます。じゃ！」

そう言って、私達に手を振りながら店を出て行った。

二人を見送った後、私がカウンターを離れようとすると、ずっと黙っていた寒川さんに「ねえ」と声をかけられた。

「はい、なんでしょう」

「薫さんって……、お客さんがいつも何を注文してるか、全部頭に入ってるの？」

「いえ。さすがに全部は覚えてないですよ」

私が苦笑すると、寒川さんがカウンター席からグッと身を乗り出してきた。

「でも、さっきの二人のは覚えてたじゃない」

「ああ、あのお二人は以前からの常連さんですし、割と気さくに話しかけてくださる方達なので……自然と好みを覚えてしまったんだと思います」

「ふうん……そういうものなのね」

寒川さんは興味深そうにそう呟くと、店内をぐるっと見回した。

「接客業って楽しい？　私、やったことがないから上手(うま)くイメージができないんだけど……」

「そうですね、私は楽しいです。会社勤めをしていたこともあったんですが、デスクワークが性に合わなくて辞めちゃって。こうして人と接する仕事は私に合ってるなって思ってるんです」

もちろん、サービス業はいいことばかりじゃない。中には理不尽なことを言うお客様もいるし、キレられて罵声(ばせい)を浴びせられることだってある。

それでも辞めずに続けてこられたのは、やっぱりこの仕事が好きで、辛いことより嬉しいことの方が多いからだ。

「へえ……」

「……寒川さんは、ずっと弁護士を目指してこられたんですか？」

急に話を振られた寒川さんが、少し迷うように私を見つめてくる。

「うちは、父が弁護士だったこともあって、子供の頃から漠然とそう思ってきたっていうか……気づいたら、すでにそのレールの上を走ってたって感じね。親も、そのつもりでいたみたいだし。今思えば、他の職業を考える余地が、そもそもなかった気がするわ」

「でも弁護士って、すごいお仕事じゃないですか。誰もがなれる職業じゃないし、尊敬します」

正直に思っていることを言ったのだが、寒川さんは照れた様子で私から視線を逸らした。

「そ、そうかしら……」

彼女はソイラテを一口飲んで、ホッと一息つく。

「美味しい……なんか今日のソイラテ、すごく美味しい気がするわ」

「そうですか？　淹れ方はいつもと同じなんですけど……不思議ですね」

自分の淹れたものを美味しいと言ってもらえると、嬉しくて頬が緩む。

微笑む私を見て、寒川さんも笑顔になった。足首が痛むのか、彼女はずっと険しい顔をしていたので、私もホッとした。

——よかった、ちょっとは落ち着いたみたい。あとはお迎えの人が来るのを待つだけだ。

カウンターで接客をしながら、入口を気にかける。そして、それから十分くらい経った頃、スーツ姿の男性が二人、慌ただしく店に入ってきた。

見ると、一人は星名君で、もう一人は真家さんだった。

「一杉さん、どうも」

「星名君！」

星名君に目で挨拶（あいさつ）してから、視線を真家さんに移す。いつもよりピリついた表情の真家さんが、静かな声で尋ねてきた。

「薫さん。寒川は」

「あ、はい。そちらに……」

カウンターにいる寒川さんを手で示すと、彼女は二人の登場に目を丸くして固まっていた。

「えっ……し、真家がなんで……」

どうやら寒川さんにとって、真家さんが迎えに来るのは想定外だったらしい。

そんな彼女を、真家さんは冷たい目で見下ろした。

「あなたの電話を受けた者が、まだ当分手が空（あ）きそうになかったのでね。急遽、私と星名が迎えに来たんです。それで？　転んで足を捻ったあなたが、何故この店にいるんです」

険のある真家さんの視線に、寒川さんの顔が強張る。

「や、だからその……転んだところに、ちょうど薫さんが居合わせて……助けてもらって……」

「助けてもらった？　どうやって」

「それは、歩けない私を薫さんが背負って、この店まで……」

それを聞いた真家さんが、驚きに目を瞠る。

「はっ⁉　薫さんが背負って？　あなたをですか⁉」

寒川さんと私を交互に見ながら、真家さんが声を上げる。

「わ、私だってびっくりしたのよ……そんなことしてもらえるなんて思わなかったし……」

真家さんの声に萎縮するように寒川さんが身を縮こまらせる。そんな彼女に、腰に手を当てた真家さんが厳しい視線を送る。

「この前、彼女がグラスを落とした時、あなたは文句を言うだけで何もしませんでしたよね。それどころか、ひどい態度を取っていたのを忘れたとは言わせませんよ？　それなのに、いくら彼女が居合わせたからといって、助けを求めるなんて調子がよすぎやしませんか」

これまでの鬱憤(うっぷん)を一気に吐き出すように、真家さんが早口で捲(まく)し立てた。彼の剣幕に圧倒された寒川さんは、口を開けたまま呆然としている。

「……真家、いつもとキャラが違うんだけど……」

どうやら彼女は、こういった真家さんを見るのは初めてらしかった。

真家さんはといえば、そんなの知ったことかとばかりに表情を変えもしない。

「私は元々こういう人間です。それより、こんなに親切にしていただいたのなら、当然、この前のことは謝っているのでしょうね？」

くいっと眼鏡を指で上げながら、真家さんが寒川さんに鋭い視線を送る。

「えっ……」

彼の視線を受け、彼女が恐る恐る視線を私に向けた。

――今、その話題を出す⁉

真家さんが私のことを考えてくれるのは嬉しい。でもはっきり言って、私は彼女に謝罪なんて求めてないし、話を蒸し返してこれ以上波風を立てたくない。

「いえ、そんなのいいですよ。落ち度があったのはこちらですし」

そう言って辞退したのに、真家さんは引き下がろうとはしなかった。

「いいえ。ちゃんと謝るべきです。そもそも、薫さんがグラスを落とすことになったのは、寒川のせいなんですから」

有無を言わせぬ強さで、真家さんがぴしゃりと言い放つ。

——うわっ、今更それをここで言うか！

私が周囲を窺うと、星名君が寒川さんに「え。そうなの？」という視線を送っていた。

その寒川さんは気まずそうに私達から目を逸らしていたが。

「悪かったわ……ごめんなさい……」

寒川さんが真家さんに頭を下げる。

「謝る相手が違いますよ。薫さんにです」

淡々とした真家さんの指摘に寒川さんはグッと唇を噛む。しかし彼女は、居住まいを正して、私に頭を下げてきた。

「この前は失礼な態度を取ってしまい、申し訳ありませんでした。それから、今日は助けてくれて、どうもありがとう」

さっきの笑顔ですでにだいぶ絆されていた私は、意外なくらいすんなりと彼女を許せてしまった。

「はい。よかったらまた、コーヒーを飲みに来てください」

微笑んでそう言った私に、寒川さんはホッとした様子で肩の力を抜いた。そんな彼女に、ダメ押しとばかりに真家さんが言う。

「まあ、いいでしょう。ですが、金輪際（こんりんざい）、薫さんに対して失礼な態度を取ることは、私が許さない。そのことを、よく覚えておいてください」

「ちょっ、真家さん！　何を言って……！　寒川さん気にしないでくださいね」

ていうか、こっちが波風立たないようにいろいろ考えてるのに、あなたが波風立ててどうするの!!

彼の胸を手で叩く私に、真家さんがキョトン、とした顔をする。

「え、何故です？」

「いやいや、何故って、おかしいでしょう！　大体、真家さんは……」

ここまで言いかけたところで、私達を見たまま固まる寒川さんと星名君が視界に入り、ハッとする。その寒川さんが私達を見たまま、ぼそっと呟いた。

「……なんか、真家って……」

彼女はそれ以上言葉にしなかったが、おそらく寒川さんの中にあった、真家さんのイメージが崩れたのかもしれない。現に今の寒川さん、抜け殻みたいになってるし。

「ずっと薫さんのことを羨（うらや）ましいって思ってたけど、ここまで思われるのも善（よ）し悪（あ）しね……」

ぽつりと呟いた寒川さんは、どことなく気の毒そうな視線を私に向けてきた……

――そ、そうだった……真家さんってこういう人だった……

寒川さんが引いちゃうくらい、重たい愛を私に注ぐ彼。

だけど、そんなところも彼らしいと、受け入れてしまっている私は、すっかり彼に慣れたということだろう……

これまで彼に相応しいとか、相応しくないとかいろいろ考えていたことが馬鹿みたいに思えてくる。

結局私は、寒川さんの言う真家さんのイメージに惑わされていただけだったのだ。

実際の彼は、私のことになるとちょっと度が過ぎるところのある、ただの恋する男。

そもそも悩む必要など、何もなかったのだ。

そこに思い至って、気持ちがスッキリした私の横で、真家さんが「さて」と場を仕切る。

「星名が車を出しますから、病院に行ってきてください」

真家さんの指示を受けて、ずっとこの場を見守っていた星名君が、寒川さんを背負うため、しゃがみ込んだ。

「……星名君、お疲れ様」

彼に声をかけると、なんとも言えない顔で苦笑された。

「あー、うん。一杉さん、また今度ゆっくりコーヒー飲みに来るよ」

寒川さんを背負った星名君が店を出て行った。真家さんは寒川さんの荷物を持ってその後をついて行く。だが、すぐに店に戻ってきた。

「薫さん、いろいろとすみませんでした。それと、彼女を助けてくださって、ありがとうございます」

カウンターに戻った私に、真家さんが頭を下げてくる。

「いえ、そんな。当たり前のことをしただけですから」

そう言って笑うと、真家さんがカウンターにグッと身を乗り出してきた。

「あなたの言う当たり前のことができる人間は、意外と少なかったりするんです。あれだけ失礼な態度を取っていた寒川に、自然と手を差し伸べられるあなたが、素晴らしいんです。薫さんは、もっと胸を張ってください」

『あなたが素晴らしい』だなんて、人生で初めて言われた。

「……今、すごいこと言われたような気がするんですけど」

「ええ。言いました」

私を見つめる真家さんの目がものすごく優しくて、なんだか胸がジーンとしてしまう。

「薫さん」

「は、はい」

「私は、あなたという素晴らしい女性を愛した自分を、褒めてやりたいと思っています」

どこまでも真摯で、どろどろに甘い彼の言葉に、呼吸が止まりそうになる。

彼から目が離せなくて、仕事中だと言うのに腰から砕け落ちてしまいそうだった。

そんな私を、真家さんが容赦なく攻めてくる。

「一日も早く、あなたのご家族にご挨拶がしたい。薫さんをくださいと」

「はい……。……？」

彼の目に吸い込まれそうになりながら返事をした数秒後。

目の前で滅茶苦茶嬉しそうに微笑んでいる真家さんに、ハッと我に返る。そして、今自分が、何を言われたのかを理解した。

「あれっ？　今……家族に挨拶って……」

焦ってわたわたしていると、私の後ろを小島さんが通って行った。彼女は私達をチラリと見て、フッと笑った。

「薫さん、愛されてますねぇ～～。私も彼氏欲しーなー……」

「ちょっ、小島さんっ」

「ほらほら、彼が呼んでますよ」

小島さんに言われて振り返ると、真家さんが注文いいですか、と微笑んでいる。

「カプチーノいただけますか？」

「はい、か……」

かしこまりました、と言おうとしたら、彼が私の耳に顔を近づけフワリと囁く。

(愛してるよ)

至近距離でチラッと視線を合わせる。いつもだったら「もう！」と怒っているところだけど、今日はなんだか嬉しくて、自然と顔が笑ってしまった。

「……かしこまりました」

私が笑顔で注文を承ると、真家さんは美しい顔を綻ばせる。

――なんだかんだで、真家さんの手のひらの上で転がされているな、私。

いつも突然で私を驚かせてばかりいる真家さんに、困ったり戸惑ったりすることは多々ある。でも、誰よりも私を見ていてくれるし、私を守ってくれる。こんな人、きっと他にはいない。

私はこの人を愛している。

そんな気持ちを込めて、カプチーノのラテアートにいつもより多めのハートを忍ばせた。

――真家さん……気づいたかな？

9

休日のお昼頃。私は真家さんのマンションへ向かっていた。

約束していた常備菜を、彼の冷蔵庫に用意するためだ。あらかじめ、数種類のおかずを祖母に教わって作ってきたので、残る簡単なものを彼の部屋で作るつもりだった。

マンションの近くにあるスーパーで食品を買い込み、合鍵を使って部屋の中に入った。

荷物をキッチンに置き、ふーっ、と一息つきながら部屋を見回す。

事前に今日行くことを連絡したからか、この前来た時より部屋の中が片付いている気がした。

——気を使わなくていいのに。ほんと、こういうところ真面目だよね。

相変わらず何も入っていない冷蔵庫に苦笑しながら、家から持ってきた常備菜入りのタッパーに日付シールを貼って中に入れた。

「よし、やるか」

まずは、人参を薄く切って、唐辛子少々を加えて炒め、醤油や砂糖、みりんなどで味付けした炒め煮を作る。次に、頭を落とした鰯を、炒めたキムチと一緒に煮付ける。さらに、家で塩麹に漬けておいた鶏の胸肉を甘辛い味噌だれで焼いた。手早く作った料理をタッパーに入れ、粗熱を取ってから冷蔵庫の中にしまっていく。ついでにご飯を多めに炊いて、それを一食分ずつラップに包み、レンジで加熱すればすぐに食べられるように準備しておいた。さすがに味噌汁は作り置きできないから、レトルトを買ってきたけど。

「ひとまず、これくらい作っておけば大丈夫でしょう！」

食事の支度が面倒だという真家さんでも、おかずがあれば家でご飯が食べられるだろう。

あとは腐らせたりしないように、ちょくちょくメッセージや電話で注意すればいい。

――時間が余ったから、掃除でもしとくか……

彼が帰ってくるまでの間、バスルームや洗面台を綺麗にし、ベッドルームの布団を整えたりして過ごした。

真家さんとの付き合いに、徐々に慣れつつある私だが、実はいまだに真家さんのことを家族に伝えていなかった。

――いや、別に言ったっていいんだけど、うちの家族、男の人を見る目が厳しいからな……

なんとなく話しそびれちゃったっていうか、伝えるタイミングを逃してしまった。

でも、一応プロポーズもされてるんだし、いいかげん話した方がいいよね。

相手が真家さんだと言ったら、姉はどんな顔をするだろうか。

驚く姉の顔を想像しながらリビングのテーブルを拭いていると、玄関からドアの開く音が聞こえた。

——あ、帰ってきた。

エプロンで手を拭きながら玄関へ行くと、私を見た真家さんの頬が分かりやすく緩んだ。

「ただいま。可愛いね」

「おかえりなさい。え、そうかな……シンプルなやつですけど」

身に着けているエプロンを褒めてくれたのかと自分の格好を見下ろしていると、いきなり真家さんにぎゅっと抱き締められる。

「エプロンのことを言ったんじゃなくて、薫が可愛いっていう意味」

可笑しそうに耳元で囁かれ、唇にチュッと触れるだけのキスをされた。

「先に、着替えてくるよ」

そう言いながら私から離れた彼は、寝室に入って行った。それを見送った私に、遅れて恥ずかしさが込み上げてくる。

彼は、付き合う前から充分甘かったけど、最近輪をかけて甘くなった。まだそれに慣れない私はことある毎にドキドキしてしまう。

——やだなぁ、もう。あっつ……

両手で頬を押さえながらキッチンに行き、お茶を煎れてリビングのテーブルに置いた。

スーツから、グレーの長袖Tシャツと黒のジャージに着替えた真家さんが、ソファーに座ってテーブルのお茶に手を伸ばす。一口飲み、私を見てにこっと笑った。

「お茶ありがとう。美味しいよ」

「ありがとうございます。そういえば、あれから寒川さんの様子はどうですか？　足の具合は……」

彼女が足を捻ってから三日ほど経過した。ああいう場面に遭遇してしまっただけに、ずっと彼女の様子が気になっていたのだ。

「ああ」

真家さんはお茶をテーブルに戻しながら、私を見る。

「骨には異常なく、診断は捻挫だそうだ。あの後、かなり腫れたらしくて一日欠勤したけど、その翌日から出社してる」

それを聞き、大事に至らなかったことにホッとした。

「よかったです。すごく痛がってたから、様子が気になってたんです」

そう言った私に、真家さんが不思議そうな顔をする。

「……散々君に不愉快な思いをさせた寒川に、そう思える薫がすごいよ。俺だったら、絶対心配なんてしてない」

「ええっ……いや、だって、寒川さんが私にキツかったのって、真家さんのことが好きだったからですよ。ずっと好きだった相手が、突然私みたいな普通の女と付き合ったら、そりゃあ我慢ならないと思いますし。その気持ちは、分かる気がするので、あまり責められないかなって……」

「薫は優しいね」

「そんなことは、ないですけど……」

実際、寒川さんの言動にはいろいろ考えさせられることが多かった。少なからず悩んだし……

でも、彼女のことがあったからこそ、結果的に真家さんへの気持ちを再確認することができた。

寒川さんとの出会いは、決して無意味ではないと今なら思える。

とはいえ、柔らかい表情の真家さんにそんな風に言われると、恥ずかしくて彼の目が見られない。

「でも、あれから、寒川も少し考え方が変わったみたいでね。薫の仕事のことを、自分じゃできない素敵な仕事だって周囲に話しているらしい。この間のことで、彼女も何か思うところがあったんじゃないかな」

「……寒川さんが、そんなことを」

「ああ。薫の行動が、寒川の考えを変えたんだろうね。それって、すごいことだと俺は思う」

「そ、そうですか……？」

寒川さん、そんな風に思ってくれたんだ。

自分の仕事を認めてもらえたことに、すごく感動してる。

一人でじーん、と胸を熱くしていると、真家さんが「ところで」と話を変えてきた。

「さっきから、すごくいい匂いがしてるんだけど、何を作ってくれたの？」

「あ、そうでした。ご飯まだですよね？ すぐに用意するので、ちょっと待っててください」

料理のことをすっかり忘れていた私は、慌ててキッチンに戻る。

常備菜を少しずつ皿に盛りつけて、空（あ）いたところに五穀米をよそったワンプレートディナーを作り、お箸（はし）と一緒にリビングのテーブルに置いた。

「どうぞ、召し上がれ」

テーブルに置かれたプレートを、彼は身を乗り出してじっと見つめた。

「これ……全部、薫が作ったの？」

「はい。常備菜の寄せ集めですけど……あ、あと汁物が」

キッチンに戻り、温めておいた、なめこと青ネギの味噌汁をお椀に入れて、料理の隣に添えた。

「はい。これで全部です！」

それまで、じっと料理を眺めていた真家さんは、ふいに眼鏡を外して眉間を押さえた。

そして、ゆっくりと息を吐き出す。

なんだか様子の違う彼に、徐々に不安が込み上げる。

「あ、あれ？　もしかして、何か嫌いなものがありましたか？」

事前に真家さんから好き嫌いはないと聞いていたけど、まさか、ため息が出るくらい苦手なものが交じってた……⁉

心配になって真家さんの隣に座り、顔を覗き込む。

彼は小さく首を振ると、潤んだ瞳で私を見つめてきた。

「そうじゃなくて……なんだか幸せで」

その答えに、思わずガクッと力が抜けた。

「もう……すっごい嫌いなものとか出しちゃったかと思いましたよ。ホント大げさなんだから」

「全然大げさじゃない。何度も振られた身からすると、薫の優しさが嬉しくて仕方がないんだよ」

そう言って微笑んだ彼は、恭しく箸を手に取り、両手に挟んで「いただきます」と頭を下げた。

「そういえば、薫の気持ちに変化が表れたのはどの辺で？」

真家さんはお椀を手に取り、ゆっくりと汁を啜った。

「うん、旨い。これが薫の味噌汁の味か……沁みるな」

しみじみしている真家さんを見つつ、質問に対する答えを考える。

「どの辺……うーん、デートした後くらいじゃないですかね？」

「そうか……ダメ元でも強引にデートに誘ったのが、功を奏したというわけか」

「あの時は、何もかもが強引すぎて、ほんとどうしたらいいか、いつも困ってました」

「なのに好きになってくれたの？　嬉しいね」

「そっ……」

横目でチラリと私を見てから、彼が嬉しそうに口の端を上げた。その流し目がいやにセクシーで見惚れてしまい、次に何を話そうとしていたのか忘れてしまった。

「そ？　何？」

「……もう、いいです……」

「薫、これ全部、旨いよ」

彼はいつの間にか、プレートに盛られたおかずを全て味見していたようだ。

美味しいと言ってもらえたことにホッとする。

「よかったです。いくつかは、祖母に教えてもらいながら作ったものなんですよ」

「お祖母さんに？」

「祖母は以前、教師をしていたんですけど、退職してからはお料理が趣味で、すごく上手なんです」

「へえ……そういえば、薫の家は女性ばかりで四人家族だったよね」

ニコニコとご飯を食べ進める真家さんに、こくんと頷いた。

「はい。私が小さい時に母が離婚して、祖母のいる実家に戻ってきて以来、ずっと女だけで生活しています」

「お姉さんは、元気？」

「はい。前より更にパワフルになって、毎日会社に通ってますよ。真家さんのおかげです、ありがとうございました」

ぺこりと頭を下げると、お味噌汁を飲んでいた真家さんがお椀をテーブルに置いた。

「とんでもない。こちらこそ、薫と知り合うきっかけをくれたお姉さんには、心から感謝してる」

確かに。姉の離婚自体は残念だったけど、あの出来事がなければ、私は今、彼とこんな風に過ごしていなかっただろう。

――本当にね～……まさかこんなことになるなんて、思ってもみなかったわ……

心の中で人生の不思議を感じていると、いきなり真家さんにぎゅっと手を握られた。

「そろそろ薫の家に、ご挨拶（あいさつ）に伺いたいんだけど。いいかな」

「えっ……あ、はい。それは、いいんですけど……」

煮え切らない返事をする私に、真家さんが小首を傾（かし）げる。

「けど？」

「あのですね……うちの家族、姉のことがあったせいもあって、男性を見る目がかなり厳しくなってるんです。だから、もしかすると、真家さんに何か失礼なことを言うかもしれなくて……」

恐る恐る懸念を口にした私に、真家さんはすぐに笑顔になった。

「なんだ、そんなこと。大事な娘と付き合う相手だ。厳しく見るのは当然のことだろう」

「たぶん姉からは、いろいろと質問攻めにあうと思いますけど」

今の姉は、男なんて信じられない、と口癖のように言っている。たとえ相手が真家さんでも、受け入れてくれるかは、その時になってみないと分からない。

「構わないよ。なんなら一発くらい殴られたっていい」

「いや、さすがにそれはないと思いますけど」

いくら気の強い姉でもそんなことはしないだろう……たぶん。

話をしながら、あっという間に料理を平らげ箸（はし）を置いた真家さんが、こちらを見てにっこりと微笑んだ。

「大丈夫。薫は何も心配しなくていい。ただ俺の隣にいてくれれば」

「真家さん……」

私を見つめる彼の目に情欲の炎が点り、あ、と思う間もなく彼の唇が私のそれに重なる。

「薫」

私の体に徐々に彼の体重がかかり、気がついたらキスをしながらソファーに押し倒されていた。

何度も唇を重ねられ、差し込まれた肉厚な舌に口腔を犯されていく。

「ん……」

激しく舌を絡められ、私は必死にキスについていった。艶めかしいキスはしばらく続き、頭がぼうっとしてしまう。

しかし、素肌に彼の手を感じた瞬間、私は反射的にその手を止めた。

「ま、待って……ここじゃ……」

キスから逃れて訴えると、真家さんが至近距離で私と視線を合わせてくる。

「薫、俺と結婚してくれる？」

「え、ええ？」

まさか、この状態で二回目のプロポーズがくるとは思わず、彼を見たまま固まってしまう。

「だ、だからっ、それは、もうちょっと待ってって……」

心臓を痛いくらい高鳴らせつつ、私はしどろもどろで待ったをかけた。しかし……

「もう待てない。今すぐ返事が聞きたい」

私の唇にちゅっとキスをしながら、駄々っ子のようなことを言う真家さん。そんな彼にキュンッと母性を刺激された私は、結局根負けしてしまう。

「もう……せっかちなんだから」

彼の頬に手を添え、自分から唇を押し付けた私は、彼を見てこくりと頷く。

「私でよければ……よろしくお願いします」

身動き一つせず、私の行為を受け止めていた彼は、眼鏡の奥の目を大きく見開いた。

「本当に？」

「……本当です」

次の瞬間、真家さんは少年のようなあどけない顔で笑い、私をぎゅっと抱き締める。

「ありがとう、薫！　絶対に幸せにするから」

「あっ、でも！　すぐじゃないですよ⁉　もう少しお付き合いしてからで……」

「分かってる。それでも、嬉しい」

「もう……」

予想以上に感極まった様子の真家さんに、私まで嬉しくなった。おまけに、私に抱きつく彼が、いつものキリッとした印象と違って、妙に可愛く見えるからたまらない。

これがギャップ萌えというやつだろうか……と、密かに悶えていると、真家さんの手が再び私の服の中に入ってきた。

「あっ……」

手の感触に驚きビクッと体を震わせると、彼は眼鏡を外してテーブルに置いた。

「薫……愛してるよ」

「……わ、私も……愛してます」

嬉しそうに口元を綻ばせた真家さんは、次の瞬間、勢いよく唇を塞いでくる。

噛みつくような激しいキスを繰り返し、彼は性急に私の服を胸の上までたくし上げた。

「やっ……」

あっという間にブラジャーを剥ぎ取り、彼は硬さを増した胸の先端を強く吸い上げる。

煌々と照明のついたリビングで、彼は口に含んだ乳首を激しく吸っては、ちゅぽっと音を立てて離し、すぐにまた吸いつくという動作を繰り返した。

「んっ……!!」

吸い上げられる度に、電気のような快感が体中を走り、それが子宮に響いてキュンとそこを収縮させる。

「薫のここ、綺麗だね」

胸から顔を上げた真家さんが、恍惚とした表情で、赤く色づいた乳首の周りを指でなぞる。

そのむず痒くもどかしい刺激に、私はぴくんと体を震わせた。

「……っ、く、すぐったいっ……」

「そう？　じゃあ、薫の気持ちいいところは……ここ？」

彼が嬉しそうに、指先で乳首を弄んでくる。指の腹でくりくりと転がしたり、親指と人差し指でギュッと挟んで捻じり上げたりされて、ビクビクと体が揺れてしまった。

「あん……っ」

「本当に、薫は敏感だな……そんなところも、すごく好きだよ」

そう言いながら、再び胸に顔を近づけ、舌先で乳首をチロチロと舐めてくる。

「あっ、はあ……っ」

ベッドほど広くないソファーの上で、快感に身を捩らせていると、彼の指がパンツのウエストから差し込まれ、脚の付け根に触れた。

「や、ちょ……真家さんっ、ここソファー……」

「分かってる。でも、もう限界」

熱を帯びた瞳で告げた真家さんは、止める間もなく私の下半身から服を剥ぎ取り、脚を開かせる。そして、いきなり蜜口の中に指を入れてきた。

「あっ……!!」

こんなところで、と頭では思っているのに、体はそれに反して彼の指をすんなりと呑み込んでしまう。

すぐにそれに気づいた真家さんは、中の指を増やし丁寧に膣壁を擦ってきた。

「薫、もうこんなにトロトロになって……そんなに感じてくれてた?」

「……言わないで……」

手の甲で口を押さえ、彼から顔を逸らす。

彼が指を動かす度に、下腹部から聞こえてくる水音が大きくなる。それにより、何も言わなくても、彼の言葉を肯定することになってしまった。

――どうしよう、もう……挿れてほしい……

彼に与えられる快感に身を任せていると、突然指を引き抜かれた。

いきなり体を起こした真家さんは、着ていたシャツを勢いよく脱ぎ捨てた。

「ちょっと待ってて」

言ってソファーを離れると、すぐに避妊具を持って戻ってくる。

「お待たせ」

笑顔で私に覆い被さり、チュッと唇を啄むキスを何回か繰り返した真家さんは、口で避妊具の封を切ると、手早く自身の屹立に被せた。そして、再び覆い被さりながら私の蜜口にピタッとそれを押し当てる。

「挿れるよ」

「ん……」

もう今の私に、場所がどうとか考える余裕はなかった。

ゆっくりと中に押し入ってくる彼の熱を、息を詰めて受け入れる。やがて全てを収めた真家さんは、私の腰を掴み、すぐに力強く奥を穿ち始めた。

「あっ、んっ……あ……！」

擦られる度に生まれる快感が、私の全身を駆け巡る。それだけじゃなく、彼の熱い吐息や、恍惚とした表情が、私をとろとろに溶かしていく。

——気持ち、いいっ……

「……っ、かおるっ……」

激しく体を揺さぶられているうちに、だんだんと意識がぼやけてきた。

もう何も考えたくない、このままずっと、彼に身を委ねていたい。

そう思っていた私の体を、いきなり抱き起こされ、対面座位にされた。

「あっ、これ……深っ……!!」

これまでよりも、更に奥まで彼のものが入っている気がする。しかも座ったまま突き上げられると、快感がダイレクトに子宮に響く。

「……っ、や、これ、やば……っ」

ぎゅっと目を閉じて、真家さんの首に腕を巻き付ける。無我夢中で抱きつくと、私の唇を彼が塞いできた。

「んっ……ふ……」

突き上げられながら必死でキスに応える。奥に引っ込んでいた舌を絡め取られ、唇に挟まれて強く吸われた。

激しいキスと徐々に速度を増す突き上げに、次第に絶頂の足音が聞こえてくる。

「……っ、も、イ、イッちゃうっ……!!」

息も絶え絶えに訴える。あまりに気持ちがよすぎて、目尻に生理的な涙が浮かんできた。

私の背中を支えながら腰を動かし続けている真家さんは、ほんのちょっとだけ嬉しそうに口角を上げた。

「いいよ、イッて……気持ちよくなって」

「んッ……だめ、もう……っ!!」

その直後、ぱちんと目の前で何かが弾け、強く彼にしがみつく。がくがくと体を震わせて衝撃に耐えた後、一気に全身が弛緩する。

そのままくたっと彼の肩に頭を乗せて呼吸を整えていると、再びソファーに体を倒された。

「じゃあ、今度は私の番」

「えっ……待って、今まだイッたばっかりで……あ、あっ！」

私が止める間もなく、真家さんが激しく腰を打ち付けてきた。

敏感になっているところに、容赦なく彼の熱い楔が打ち付けられると、全身が性感帯になったみたいに感じてしまい、わけが分からなくなった。

「んんっ……もう、無理いっ……!!」

「……っ、っく……!!　かおるっ……!!」

真家さんは苦しげに表情を歪ませ、いっそう腰の動きを速くする。そして、一際強く腰を押し付けた後、被膜越しに精を吐き出した。

はあ、はあ、と肩で荒い息をしながら呼吸を整えた真家さんは、私の頬を両手で挟み、何度もキスをしてくる。

「薫……愛してる。この先もずっと……」

キスからも言葉からも彼の気持ちが伝わってきて、胸がいっぱいになった。

「私も、愛してます……」

この人のことを、これから先もずっと愛していく。

そのことを、改めて胸に刻んだ夜だった。


それから二週間ほど経過した、真家さんが挨拶に来る日の朝。

早朝に目覚めた私は、起きてからずーっと掃除をしていた。

玄関周りから始まり、庭の雑草抜きやら、引き戸のガラス拭きなど、やり始めるともう加減が分からなくてとことんやってしまう。

私がせっせと廊下を雑巾で拭き上げている横を、私よりだいぶ後に起きてきた姉が通り過ぎた。

「薫、おはよー。あら、そんなところまで綺麗にして……エライエライ」

今日は日曜日なので姉は仕事が休み。看護師の母は急遽シフトを変更してもらい、この日のために仕事を休んでくれた。

つまり、今日は家族全員揃って真家さんを出迎えることになったのである。

「にしてもさー、薫も水くさいわ～。彼氏ができたのならすぐ言えばいいのに。お姉ちゃんは悲しいわよ～」

起きたてのパジャマ姿で、髪もぐしゃぐしゃの姉が、私を見ながら嘆く。

実は、今日彼氏が挨拶に来るとは伝えたが、その相手が真家さんとは伝えられていなかった。

「いやだって、この前離婚したばっかのお姉ちゃんには、さすがに言いにくくて」

「そんなの気にしなくっていいわよ。そりゃあ、あんなことがあったら、しばらく男なんて懲り懲りだって思うけど、妹の幸せは別だもの。いい人なら祝福するわよ」

そう言って、にこっと微笑む姉だが、相手が真家さんと知ったら、どんな顔をするだろう……

そんなことを考えているうちに、ついに真家さんがやってくる午前十一時になった。

十畳ほどのリビングで、大きな木製のテーブルの周りに座布団を敷き、すでに祖母、母、姉が正座をして待機している。おまけに、三人ともいつもより小綺麗にしているため、否応なく私の緊張が高まっていく。

「それにしても、どんな人が来るのかしら……薫は、なーんにも教えてくれないんだもの。気になっちゃうじゃない」

いつもはしないアクセサリーをつけた母が、私を見て苦笑する。

「あ、会ってのお楽しみということで……」

「薫ったら、そればっかり」

「はは……」

笑って誤魔化していたら、ピンポーンとインターホンが鳴った。即座に反応した私は、脇目も振らずに玄関へ走る。

　急いで引き戸を開けると、そこにはお仕事スタイルとほぼ同じ格好をした真家さんが立っていた。

「薫、おはよう」

　眼鏡の奥の目で優しく微笑まれると、緊張しているのにドキッとしてしまう。

「おはようございます……あの、どうぞ中へ」

「お邪魔いたします」

　彼が低く通る声で挨拶をした。おそらくリビングにいる家族にも聞こえただろう。

　もしかしたら、今の声で、姉は真家さんと気づくかもしれない。

　ドキドキしながらリビングに彼を案内すると、家族全員が立ち上がって私達を待っていた。

　一体どんな声をかけられるのだろう……と、ドキドキしていたら、最初に言葉を発したのは姉だった。

「やっぱり、真家さんだ」

　平然と彼の名を口にした姉を見て、私はポカンとする。

「渡瀬さん……いえ、今は一杉さんでしたね。薫さんから話は聞いていましたが、お元気そうで何よりです」

「こちらこそ、その節はお世話になりました」

姉は驚いたというより、予想が当たって安堵したような顔をして、真家さんと挨拶を交わしている。

　更に、それに続いたのは母だ。

「あら〜、葵から聞いてはいたけど、本当に素敵な方ね〜。薫の母の幸子です。お茶を煎れますから、どうぞ座ってくださいな」

　母が慌ただしくキッチンに行くと、真家さんは床に膝を突いて祖母に挨拶をした。

「はじめまして。真家友恭と申します」

「まあ、ご丁寧に……はじめまして、祖母の一杉安江です」

　スムーズに挨拶を交わしていく三人に、私は呆然とする。

「えっ……なんで⁉　なんでお姉ちゃん驚かないの……？　っていうか、いつから知って……」

　驚く私に、姉は涼しい顔で私と真家さんの顔を交互に見た。

「気づくも何も、初めて二人で事務所に行った時、真家さん薫のことばっかり見てたし。それに帰り際も『薫さん、また』とかって、会う気満々だったじゃない？　それでピーンときちゃったのよね。たぶんこれ、ロックオンされてるなって。でも、相手が真家さんなら別にいいか、と思って黙ってた」

最初から気づかれていたという事実に、衝撃を隠せない。

「えーーっ!! 気づいてたなら、黙ってないで言えばいいのに!!」

驚く私に、姉は困ったように笑った。

「いや、だって……薫、前の彼と別れたばっかで、しばらく男の人はいい、とか言ってたじゃない? だからあんまり、煽られるのはイヤかなって思って。私は私なりに気を使ったのよ」

それを聞いて、ふいに私の頭にある疑問が浮かび、視線を真家さんに移す。

「もしかして、真家さんも姉が知ってるって気づいてました……?」

私が質問すると、申し訳なさそうに小さく頷かれた。

「そうですね……お姉さんと話している時、ちょこちょこ薫さんの話題を出されることがありまして。もしかしたら、とは思っていました」

――う、嘘……真家さんまで!!

私が動揺を隠せずにいると、母がお茶を煎れて戻って来た。

「ハイ、お茶どうぞー」

「お母さんも、知ってたの?」

テーブルにお茶を置いている母に問うと、「もちろん」と笑顔で頷かれた。

「薫、最近休日にどこか行くことが増えたし、夜も遅いことがあったでしょう? 大丈夫かしらって思ってたら、葵に相手は真家さんじゃないかって言われてね。一応どんな人か、法律事務所のホームページで確認させてもらったの」

うふふ、と微笑む母に、真家さんは恐縮ですと頭を下げる。

「何、じゃあ家族には知られていないって思ってたの私だけ？　ショック……」

事実を知り、なんとなく私一人取り残されたような気になってしまう。そんな私の背中を、バシバシと姉が叩いてきた。

「話が早くてよかったじゃない！　ねえ、真家さん」

「そうですね。では、皆さんお揃いになられたところですし、早速」

居住まいを正し、太股に手を置いた真家さんが、真っ直ぐ母と祖母を見つめる。

真家さん以外の全員が息を詰めていると、彼がゆっくりと頭を下げた。そして――

「薫さんを私にください」

彼が言った瞬間、母と祖母は目を丸くし、姉が「ぶっ」と噴き出した。

てっきりお付き合いしていることの挨拶だと思い込んでいた私は、予定外の彼の行動に、つい待ったをかける。

「ちょっ……真家さん⁉　いきなり何を言っててっ……」

「すみません。ただ、私はもう薫さんを手放す気はないので、報告が早いか遅いかの違いでしかないかと」

　真顔でそう言い切った真家さんに、私の顔が熱くなってくる。

「……そ、それは……そうなんですけど……」

　結婚のことはまだ家族には伏せておこうと思っていただけに、どんな顔をしていいか分からない。私がテンパって挙動不審になる中、改めて母達に向き直り再び頭を下げる真家さん。

「どうか、薫さんと結婚することをお許しいただきたい」

　そこで、黙って真家さんの言葉を聞いていた母が、おもむろに口を開く。

「真家さん。この前、葵があんなことになったから言うわけじゃないけど、あなたのような女性にモテそうな男性が、この先ずっと薫一人だけを愛し続けると約束できる？　他の女性にアプローチされても、決して靡(なび)かないと誓えますか？」

　まさか母がそんな質問をしてくるとは想定していなかったので、正直驚いてしまう。

　でも真家さんがそれに動じることはなかった。

「はい、もちろんです。私は薫さん以外の女性には、まったく興味がありません。ですから、お母様が心配されるようなことは、この先も一生ありえません。天地神明(てんちしんめい)に誓って絶対に、です」

　毅然(きぜん)とした真家さんの態度に、母は安堵したように頬を緩めた。

「そうですか。じゃあ……よろしくお願いしますね。薫は葵ほど強くないから、真家さんが守ってやってください」

「お約束します。どうかお任せください」

満面の笑みを浮かべる母と真家さんに、姉が「ちょっと」と割って入った。

「葵ほど強くないってどういうこと。私から言わせれば薫と私、気性はよく似てると思うんだけど？」

それについては、私ももの申したい。

「いや、それは違うと思う。私、お姉ちゃんみたいに気強くないし……」

もし私が夫の浮気現場に遭遇したら、姉のように気丈に振る舞える自信はまったくない。

「そうそう。薫の方がどっちかっていうと家庭的だしね」

母が私の意見に賛同すると、むうっと姉が膨れた。

「何よ、もう!! あーあ、私も頑張って、早くいい人見つけて再婚しよっと」

「あれ。お姉ちゃん、もう結婚は懲り懲り(こりごり)なんじゃなかったの」

私の指摘に、湯呑みを手にした姉が、私と真家さんを交互に見ながら、ニヤリとする。

「気が変わったの。だって、ゆくゆくは真家さんが私の義弟(おとうと)になるわけでしょう？ そうしたら、同じ事務所の素敵な男性を紹介してもらえるかもしれないじゃない！」

姉が真家さんを見てニッコリと笑う。それに真家さんも笑顔で応(こた)える。

「うちの事務所には、未婚の将来有望な若者が数人おりますので、お義姉さんのためならいくらでも紹介しますよ」

真家さんの言質を取った姉は、「やったー」と両手を挙げて喜んでいた。

——まあ、真家さんの紹介なら変な人はいないだろうし、これはこれで……

喜ぶ姉を見ながらヤレヤレと思っていると、笑顔の祖母が「ところで」と話を切り出した。

「薫の結婚式はいつなの？」

何気ない祖母の質問に、私と姉は、飲んでいたお茶を同時に噴き出しそうになる。

「やだ、お祖母ちゃんったら。それはまだ先の話よー」

口元を手の甲で拭いながら姉が苦笑すると、祖母が怪訝そうな顔をした。

「そうなの？　結婚することが決まっているなら、さっさとしちゃえばいいじゃない。お祖母ちゃん、薫の結婚式があると思うと、生きる楽しみができていいんだけどねぇ」

「そんなこと言われても……ねぇ」

同意を求めようと真家さんに話を振ると、何故か彼はバッグの中から分厚い手帳を取り出した。

「分かりました。では、大体でいいので日取りを決めておきましょうか？」

手帳を広げ、ペンを手にした真家さんにギョッとする。

「ちょっと……何お祖母ちゃんに乗っかってるんですか!!」

「でも、お祖母様の生きる楽しみを奪うわけにはいきません……それに、希望の日程で式場を押さえるためには、早めに決めて予約しておいた方がいいんじゃないですか？　みなさんのご予定もあるでしょうし」

真家さんが真顔で私を諭す。

――いや、確かにそうかもしれないけどっ……！

「私達、まだ付き合い始めたばっかりだし、しばらくはそれを楽しみたいと思ってるんですけど……」

そうだよ、やっと周囲のことを気にしないで堂々とお付き合いができる。そう思って、これからを楽しみにしていたのに。

しかし、私がそう希望しているにもかかわらず、母や祖母は実に乗り気だった。

「あら～、でも薫。真家さんみたいな男前、周りに狙ってる女性がたくさんいそうじゃない？　だったら、さっさと結婚して、自分のものにしておいた方が安心よー」

なんて言いながら、母が壁にかかったカレンダーを捲り出す。

「やっぱり大安がいいかしらね～。ねえ、お母さん」

「そうねえ。その方がいいわねえ。楽しみだわー、薫のウエディングドレス姿!!」

「二人とも……!!」

なんだかあっという間に、家族が真家さんのペースに巻き込まれていく……！

口を挟む余地がないまま、ただオロオロと状況を見ていると、姉が私の隣にやって来てこそっと耳打ちしてくる。

「ねえ、いいの〜？　どんどん話が進んじゃってるけど」

「いいのって言われても……止めようとしたって無理でしょ、これ……」

ハア〜とため息をつく私に、姉が苦笑して言った。

「一応、念のため聞くけどさ。本当にほんっとーに、真家さんでいいんだね？」

姉に確認され、母や祖母と話している真家さんを見る。すっかりうちの家族と打ち解けてしまった真家さんを見ているだけで、自然と顔が笑ってしまう。

考える前に、私の心が「うん」と頷かせていた。

「うん、あの人がいい」

それを聞いた姉が、安心したように微笑んだ。

「そっか。よかったね」

「うん……」

確かに、彼の愛をちょっと重いと思うことはある。でもその重さは、私にとっては意外と心地よい重さで、決してイヤじゃなかった。むしろ、好きかもしれない。

そんなことを考えていると、真家さんが私の方へ顔を向けた。

「薫は、いつがいい」

そう言って私を見つめる真家さんの目はどこまでも優しい。それを向けられた私は、自然と頬が緩んでいく。

私、いつからこんな風になったんだろう。

「じゃあ、友恭さんの好きな日で」

そう言うと、真家さんが驚いた顔で私を見てくる。

「……名前、初めてじゃない？」

「気にするところは、そっち？」

クスクス笑いながら彼を見つめる。

どうやら彼の直感はよく当たるらしいので、結婚式の日取りから何から、全てお任せしてしまおう。

きっとその方が、幸せになれると思うから。

私達は家族に見られないよう、お互いの指を絡めて握り、微笑み合ったのだった。

重い愛は永遠に

一日の業務を終えて部屋を出ると、ちょうど前から歩いてきた星名とばったり遭遇した。

「お疲れ様です」

声をかけると、星名はその整った顔でにっこりと微笑みかけてくる。

「お疲れ様です。真家さんはもうお帰りですか？」

「ええ。これから薫さんとディナーです」

聞かれてもいないのに薫の名を出すと、目の前にいる好青年はさらに目尻を下げる。

というのは、彼女と星名は高校の同級生だからだ。

「そうでしたか！　一杉さんによろしくお伝えください」

そう言って、星名は屈託（くったく）のない笑みを向けてくる。一時、彼と薫の関係に嫉妬した時期もあったが、今ではそんな気持ちはすっかり消え失せた。

「ええ。伝えておきます。それより寒川先生とはどうです、上手（うま）くいっていますか？」

周囲に人がいないのを確認し、やや声を潜める。

寒川の名を出した途端、星名が苦笑した。

「まあ、それなりに」

どうやら先日のいざこざで、私はすっかり寒川に嫌われてしまったらしい。

同じ事務所に勤務していて、毎日のように顔を合わせていた彼女と、会うことがほとんどなくなった。どうやら最近は、星名と行動を共にすることが増えているようだ。

「仕事ではすごく厳しいですけど、それ以外は優しく接してくれるので。寒川さん、一杉さんとの一件があってから、考え方が変わったみたいですね」

「そうですか……だったらいいんです。彼女の考え方がいい方に変わったのなら、それはそれで喜ばしいことですし」

こう言った後、急に星名が私を見てしみじみと呟く。

「真家さんは……一杉さんのこと、すごく想っていらっしゃるんですね。最初、彼女のお姉さんの依頼を受けたと聞いた時も驚きましたが、まさか二人が付き合うとは思ってもみませんでした」

「そうですか？　まあ、これも縁ですよね……」

彼女と会ってからの出来事を思い浮かべ、目を細める。

それを見ていた星名が、大きく頷いた。

「縁か……私も真家さんや一杉さんみたいに、いいご縁に恵まれたいものです。では、私はこれで」

「ええ、また」

爽(さわ)やかな笑顔を残して、星名が去って行った。

薫の同級生だから、というわけではないが、私はこの気さくな青年が結構好きだ。弁護士としても優秀だし、今後、事務所を背負って立つ存在になっていくに違いない。

星名の背中を見送った私は、事務所のエントランスに向かって歩き出した。

――さて、帰るか。愛しい人のもとへ。


婚約者――私の中ではすでに妻と言っても過言ではない、薫は、私が勤務する法律事務所から徒歩五分圏内にあるカフェに勤務している。

そのカフェは、テナントビルの一階にあった。真っ白な壁に店のロゴだけが黒く書かれた、センスのいい外観は、とても目を引く。

しかし、同僚に誘われたあの時まで、私はこの店の前を素通りしていた。

そう、あの時、薫のいるカフェに足を踏み入れたのは、ほんの偶然にすぎなかった。

当時事務所は、一審で敗訴となり弁護士を変えて控訴(こうそ)する予定の事案を抱えていた。

そして勝ち目が薄く、難しい事案の担当を、自分が引き受けることになった。

どう見ても、勝てる見込みはほとんどない。それでも諦めず控訴したが、結果はやはり控訴棄却。

『やっぱりダメだったか……まあ、こういうこともあるさ。そう落ち込むなって』

私が落ち込んでいると思ったのか、一緒に担当した先輩弁護士に背中をポンポンと叩かれ慰められた。

これも経験の一つと捉えてはいるものの、結果には満足していない。しかもこの日のために、前日も遅くまで準備に追われ、ろくに寝ていないので体は疲弊し切っている。しかしあからさまに疲れ切った顔など先輩には見せられないので、笑顔で頷いた。

『そうですね、ありがとうございます』

『いやいや、いいんだよ。そうだ真家、気分転換にコーヒーでもどうだ？』

彼が指で示すのは、白い壁が印象的なカフェ。以前からあることは知っていたが、いつも素通りしていた店だ。

『コーヒーですか？　いえ、私は結構です』

店の側に近づいただけで、コーヒーの香ばしい香りが漂ってくる。

早く帰りたいし、これ以上先輩に気を使わせるのも申し訳ないと思い、断った。しかし先輩は、私の返事を完全にスルーして、カフェの取っ手に手をかける。

『まあまあ。ここのコーヒー旨いんだよ。一度飲んだら虜になること間違いなし。事務所に残ってそうな人の分も、ついでに買っていってやるか』

『はい……』

困惑する私を置き去りにして、先輩はさっさと店に入っていく。入口に一人取り残された私は、仕方なく彼に続いて店に足を踏み入れた。

『いらっしゃいませ』

正面のカウンターで、エプロンをつけた女性が、にっこり微笑みながら出迎えてくれた。小さな顔にぱっちりとした目が印象的なその女性は、おそらく二十代半ば……くらいだろうか。

――可愛らしい人だ……彼女がコーヒーを淹れるのか？

『コーヒーを……そうだな、十ほどテイクアウトできますか？』

『はい、大丈夫です』

カウンターの女性が快く応じると、先輩弁護士は慣れた様子でオーダーと会計を済ませた。

一度に十杯のコーヒーをオーダーしたので、受け付けの女性と、カウンターの奥にいた女性の動きが慌ただしくなる。

『真家、お前の分もテイクアウトでいいか？　それともすぐ飲むか』

問われて、テイクアウトでいい、と喉まで出かかった言葉を、咄嗟に呑み込む。彼女が淹れたコーヒーの味が気になり、すぐに飲むと返事をした。

『了解。すみません、一つは袋に入れずそのままください』

『かしこまりました』

彼女のテキパキした動きに見惚れているうちに、淹れ立てのコーヒーが一つ、先輩に手渡される。

『ほら、真家』

『すみません、いただきます』

先輩から手渡された紙コップに口をつける。

フワッと香ばしい匂いの後に、口の中に広がるすっきりとした苦み、その奥に少しの酸味とコクを感じた。それらは口の中で混ざり合い、どこかフルーティな後味を残して消えていく。

――旨い……

久しぶりにコーヒーを旨いと思った私は、自然とこれを淹れてくれた女性に目がいく。

彼女は私の視線に気づくと、にっこりと微笑んで軽く会釈してくれた。

――美しい……

見つめ合ったのはほんの一瞬。彼女はすぐに目線を手元に戻してしまったが、私はしばらく彼女から目を逸らすことができなかった。

しかもその状態で飲んだコーヒーは、何故かさっきよりも美味しく感じて、つい首を傾げる。

――普通のコーヒーのはずなのに、やけに旨い……。

『テイクアウトのお客様、お待たせいたしました！』

『はいはい、どうも。真家、行くか』

コーヒーの入った袋を手渡してくれた女性スタッフに会釈をし、歩き出す。が、どうにもさっきの女性が気になり、さりげなく彼女にチラリと視線を送る。

すると、こちらを見ていた彼女がまた、にっこりと笑みを浮かべた。

『またお待ちしております。お気をつけて』

――……。

何も言えなかった。

彼女が自分にかけてくれた言葉は、この店に来た客なら誰でも向けられるお決まりの文句でしかない。

けれど、彼女の笑顔が何故か脳裏に焼き付いて離れなかった。

『なー、この店のコーヒー旨いだろ？』

『……はい』

『だろー！　コーヒーだけじゃなく、軽食も旨いんだぜ。機会があったら、行ってみるといい』

『そうですね……そうします』

手に持ったカップに視線を落とし、こっくりと頷く。そのまま黙り込んだ私をおかしいと思ったのか、先輩が顔を覗き込んできた。

『……どうした、ぼーっとして。まさかとは思うが、今の女性に一目惚れでもしたか。可愛かったもんな、二人とも』

『そうですね、惚れたかもしれません』

『はっはっは、そうか、惚れ……ええっ⁉　真家が、惚れっ……⁉』

『冗談です』

予想外の返事にパニックに陥りかけた先輩が、『なんだ……』と気が抜けたように息を吐く。

そうだ、まだ惚れたと決まったわけじゃない。

たまたま旨いコーヒーが心に沁みたように、たまたま遭遇した女性が好みのタイプで、たまたま笑顔が気になっただけかもしれない。まだ……

そんな風に自分に言い聞かせて、極力彼女のことを考えないよう努めた。

しかしその数日後、思いがけず彼女と再会したことで、これは運命だと感じてしまった。

その日から、彼女を追いかける日々が始まったのである。

オフィスビルを出て、徒歩圏内にある彼女の勤務先へ真っ直ぐ向かう。薫の終業時刻まではまだ少し時間がある。せっかくなら、店でコーヒーを飲みながら彼女を待つのもありだろう。そんなことを思いながらドアを開けた。

「こんにちは」

カウンターにいた小島さんに声をかけると、彼女はニコッと笑う。

「薫さん、今支度してるんで、もうちょっとお待ちくださいな。その間に、コーヒーの試飲なんてどうですか？」

「では、お言葉に甘えて、いただきます」

カウンターに腰掛け、小島さんからコーヒーの入った小さな紙コップを受け取った。

小島さんは薫の同僚であり、よき友人でもあるようだ。寒川の一件の時も、私の知らない薫の様子を教えてもらったりと、何かと世話になっている。

笑顔は爽（さわ）やかだし、明るくて話した感じもいい。薫といい小島さんといい、彼女達を採用したこの店の店長の人を見る目は、素晴らしいと思う。

コーヒーを飲みながら薫を待つこと数分。着替えを終えた彼女がバックヤードから店に現れた。

「あれ、真家さん。もう来てたんですか」

私の姿を見つけた瞬間、薫の顔がパッと花が咲いたように綻んだ。その顔が、とても愛らしくて、自然と私の頬も緩んでしまう。

「事前に終わりの時間を聞いていましたからね。それに合わせて事務所を出てきたんです。では、小島さん、ご馳走様でした」

「はーい、またお待ちしてます」

紙コップを渡して会釈すると、小島さんが満面の笑みで私と薫を見送ってくれた。

「小島さんは素敵な女性だね。ああいう人が同僚だと、私も安心だよ」

店を出て駅に向かって歩きながらしみじみ言うと、薫も深く頷いた。

「それは私も同感です。なんだかんだ言って、職場に気の合う人がいるかいないかって、結構大きいから……って、あ」

薫が話の途中で、しまった、という顔をする。

「……もしかして寒川のこと？　なんだ、まだ気にしてるの？」

ふと思い当たって聞いてみたら、案の定だった。

「そりゃ、気にしますよ。私とのことがなければ、彼女に嫌われることもなかったでしょうし。事務所内でやりにくいこととかないですか……？」

「全然。むしろ距離ができたくらいでちょうどいい。だから、薫は何も心配しないで」

心の底から微笑み返す私に、薫は若干口の端を引き攣らせながら、目尻を下げた。

「それを本気で言っているのが、真家さんのすごいところだな……」

「そうかな」

彼女の言う、私のすごいところ、というのが、いまいちよく分からないが、まあいい。

「薫。家には、今夜のことちゃんと言ってきた？」

隣を歩く薫に視線を送る。彼女はチラッと私を見て、すぐに視線を正面に戻した。

「はい。遅くなったら、真家さんのところに泊まるって言ってきました」

「そう。お母様やお祖母様は何か仰ってた？」

「いいえ。っていうか、母も祖母もまだ結婚してないのに、もう真家さんのこと『婿さん』て呼んでて……気が早いにもほどがあります」

薫は困ったようにため息をついている。だが、私からすれば、薫の家族にそのように呼んでもらえるのは、喜ばしいことだ。

「俺はちっとも構わないよ。すでに家族として見てくれているのなら、これ以上の喜びはないからね」

「もう……真家さんったら」

「なんなら、今から婚姻届を提出したっていいよ」

「……冗談ですよね？」

唖然とする薫に、思わず表情が緩む。

でも薫。これくらいで驚いているようじゃダメだよ。

「戸籍上はまだ他人だけど、気持ちはもう夫婦のつもりだから。これから先、ずっと薫だけを愛すると誓うよ」

私は彼女の手を取り、指を絡ませ強く握りしめた。

私は、君も、君の家族も、この先生まれてくるだろう子供にも、両手に抱え切れないほどの愛を捧げ続けるつもりだ。

私の突然の愛の誓いに、薫は一瞬困った顔をしたが、すぐに優しく微笑んでくれた。

「じゃあ、私も友恭さんだけに愛され続けるって、誓いますね」

満点の回答に顔が緩み切ってしまい、しばらく彼女の方を向くことができなかった。

＊　＊　＊

真家さんと夕食を済ませた私は、そのまま彼のマンションへとやってきた。

部屋に入ってすぐ、私は冷蔵庫のタッパーを確認する。作り置きしている常備菜は残りわずかで、空(から)になったタッパーは綺麗に洗われてシンク横に置いてあった。

――よかった、ちゃんと食べてくれてる。

私がタッパーの中身を見ながら頬を緩めていると、すぐ横に真家さんがやってきた。

「薫がこれを用意してくれるようになってから、ちゃんとした食生活を送れている気がする」

「いいことじゃないですか。足りてます？　もっと量、増やしましょうか？」

冷蔵庫の中にタッパーをしまいながら話していると、私のお腹に真家さんの腕が絡みつく。

「だったら、薫がここに住んじゃえば？」

「え。でも、結婚式までは実家に住むって、この前、母に言っちゃったし……」

私を抱き締める真家さんの腕に力が籠もる。それと同時に、彼の唇が首筋に吸い付いた。

「じゃあ、俺が薫の実家に行こうか？」

「それは……なんか違う……」

彼はちゅ、と音を立てて、繰り返し首筋に唇を押し付けてくる。その間に、お腹にあった彼の手が私の服の裾から中に入り込み、直接乳房に触れてきた。

「あの……真家さんっ……」

ここはキッチンである。私が思わず戸惑いの声を上げるが、彼に止まる気配はない。

「薫……もう待てない。さっきから、触れたくてたまらなかった」

真家さんの手が私の頭にかかり、斜め後ろにいる彼の方を向かされる。目が合った瞬間、待ちかねたように彼の唇が私のそれに重なった。

「っん……」

唇の隙間からすぐにぬめった舌が入り込み、私の舌を絡め取る。彼は角度を変えて深く舌を絡めつつ、時折私の舌を吸ったり、歯列をなぞったりと、激しく口腔（こうこう）を貪（むさぼ）ってきた。

「薫……」

一旦唇を離した真家さんが、間近から熱の籠もった瞳で私を見つめてくる。そのまま、再び唇を重ねてこようとするのを、咄嗟（とっさ）に手で止めた。

「……あの。ここじゃなくて、違うところで……シャワーだってまだ浴びてないし」

「別にいいよ。気にしないから」

あっさり言って、彼はまた私にキスをしようと顔を近づけてくる。だけど、私もそう簡単に引き下がれない。

「ダメです！　私、一日中動き回って汗かいてるから！」

「分かった。それじゃあ、一緒に入ろうか。お湯張るよ」

「え、そ……ええ⁉」

真家さんは羞恥（しゅうち）で真っ赤になった私の顔を確認してから、キッチン脇の壁にある給湯器のスイッチを押した。

「薫と一緒にお風呂に入るのは、初めてだね？」

「そうだけど……はぁ……相変わらず強引」

「こういうタイミングじゃないと、薫は一緒に風呂に入ってくれなそうだし」

笑顔で「でしょう？」なんて言ってくる彼のイケメンぶりにあてられて、恥ずかしいからイヤだなんて言えなくなってしまった。

――……ほんと、イケメンはずるい……

冷蔵庫の横で真家さんがぎゅっと私を強く抱き締めてきた。悔しくなって、思い切り抱き締め返したら、珍しく彼に驚かれる。

「どうした？」

「……どうもしない」

真家さんの体にピタッと密着し、抱きつく腕にこれでもかと、ぎゅうっと力を込める。でも一向に、真家さんの口から痛いという言葉は出てこない。

「ふうん？　それからどうするの？」

楽しそうに顔を覗き込んでくる真家さんは、完全にこの状況を面白がっていた。

「い、痛くないの？」

「はは。痛い痛い」

そう言いつつ、真家さんはずっとニコニコしている。どこからどう見ても、痛そうには見えない。

「……真家さん、えむ……？」

「薫にだけね。これが他のヤツだったら倍にして返す」

——うん、彼なら本当にやり返す。

そんな風にいちゃいちゃしている間に、お風呂のお湯張りが終わった。彼に腕を引かれてバスルームに移動する。真家さんは、あっという間に服を脱ぎ捨て全裸になった。

「先にシャワー浴びてるよ」

「はい……」

浴室に入って行く真家さんの、キュッと締まった形のいいお尻につい視線がいってしまい、顔がカーッと熱くなった。

彼の裸はもう何度も見ているのに、こうして明るい場所で裸を見せ合うのは、どうしてこんなに照れるのか。

——そうだよ、何度も見てるじゃん……今更気にしたって……

と、のろのろと服を脱いでいると、シャワーを浴びていたはずの真家さんがいきなりバスルームのドアを開けた。

「ほら、早くおいで」

「あっ……」

腕を掴まれ、ぐいっとバスルーム内に引き込まれてしまった。

「俺は湯船に入ってるから、薫はシャワー使って」

大人二人なら余裕で入れる大きさの湯船に、真家さんが浸かる。それを目で追いつつ、シャワーで汗を流した。

真家さんに背を向けているのに、どうにも背中に視線を感じて仕方がない。

「薫。こっちにおいで」

体を洗い終えた私を、すかさず真家さんが湯船に誘う。それに素直に従い、湯船に身を沈めると、すすすーっと真家さんが近づいてきた。

「やっと来た」

嬉しそうに私を後ろから抱き締める真家さんに、つい苦笑いしてしまった。

「もー、ほんとに強引なんだから……」

「仕方ない、これが俺のやり方だから」

笑いを含んだ声でそう言うと、私の脇の下から両手を差し込み、手のひらですっぽりと私の乳房を包み込み揉んでくる。

「薫の胸、柔らかくて気持ちいいな」

「そ……そうかな……」

くすぐったさに身を捩ると、彼の指で乳首を挟まれ、優しく擦り合わされる。ピリリとした鋭い快感が走り、ビクンと腰が跳ねた。

「んッ……」

「もう勃ってきた」

ピンと勃ち上がった乳首を、指の腹でくりくりと撫で回される。それを繰り返されるうちに、だんだんお腹の奥の方が切なくなってきた。

「だって、弄るからっ……」

「ああ。でも、薫はこっちの方がいいかな」

胸先を弄る片手はそのままに、もう片方の手が下腹部から脚の付け根へと移動すると、つぷっと指を中に差し込んだ。

「あ……ん……ッ……」

「ああ……薫、もうヌルヌルだ。いつからこんなに濡らしてたの」

「そんなの、知らないっ……」

私の耳に唇を当てて、熱の籠もった声で尋ねてくる真家さんに体が疼く。

その間も、彼の指は私の膣壁を擦り浅いところを行き来する。たまにグッと奥まで指を差し込まれ、長い指で中を掻き混ぜられると、じわりと快感が広がっていく。

「は……あん……っ……」

絶え間ない愛撫に、あられもない声が口から漏れ出てしまう。しかもその声がバスルームに反響し、羞恥心を煽られた私は、すでにどうにかなってしまいそうだった。

更に真家さんの指は、私の気持ちいい場所をピンポイントに攻めてくる。このままでは、指だけでイかされそうだ。

「ああっ……もう、いっ……!!」

ぎりぎりまで高められた快感が一気に弾け、咥え込んだ彼の指をキュンキュンと締め上げる。

「すごいな、指だけで……薫は感度がいい」

感心した口調で真家さんが中から指を引き抜くと、肩越しに「ん」と言って舌を出し、私にキスをせがむ。その舌におずおずと自分のそれを重ねると、食べられそうなくらい激しいキスに変わった。それはもう、獣のようなキス。

イッたばかりで腰から下がぐったりしているところに、息ができないくらい激しいキスをされて、すでに私は疲労困憊。

ぐったりと真家さんに凭れかかっていると、腰の辺りに硬く勃ち上がった彼の昂りを感じて、ドキッとした。

――早く、挿れてほしい。挿れて、強く突き上げてほしい。

はしたないけど、私は恥ずかしさをかなぐり捨てて真家さんに懇願する。

「……焦らさないで、もう、挿れて……っ」

言った途端、真家さんの表情が固まる。彼は、口元を手で覆い、目元を赤く染めた。

「薫……どこでそんな、男をイチコロにする台詞を覚えてきたの」

「え？　どこでって……」

私が返事に困っていると、いきなり湯船から出た真家さんに、手のひらを差し出される。

「では、お望み通り続きはベッドで。おいで、薫？」

お手をどうぞ、とばかりに向けられた手に、手を乗せる。その手を強く引っ張られ、私は湯船から出された。

お互いにタオルを軽く巻いただけで寝室に移動すると、すぐに真家さんが避妊具を装着し、性急に私の中に押し入ってきた。

「あっ！　……んんっ……」

熱く硬い屹立が、私の中を激しく突き上げる。彼は時折、腰の動きをゆっくりにして、浅いところを擦っていたと思ったら、大きく腰をグラインドさせて最奥を突いてきた。

そうしながら、私の弱い場所を攻めるのも忘れず、指で襞を捲りその奥に隠れる蕾をくりくりと弄ってくる。

「や、ぁ……っ、そんなことされたら、また……っ」

蕾への刺激はダイレクトに子宮に響き、キュンキュンと彼を締め上げる。その度に、彼の表情が苦しげに、そしてどこか恍惚としたものへと変化する。

「……薫……そんなに俺を締め付けてどうするの」

真家さんは息を乱しながら私の上体を抱き起こし、対面座位の状態で下から突き上げてきた。一際、強い快感が体を走り抜け、腰の辺りがヒリヒリと甘く痺れる。

「んあっ……!! おくっ……当たっちゃ……」

「……っ……奥、気持ちいいの？」

「気持ち、いいっ……」

私の顔を見つめながら、彼は激しく突き上げたり、挿れたまま探るように腰をぐりぐり回したりした。そうやって、休むことなく私を攻め続ける。

「薫……」

顔を寄せ、舌を出してキスをせがまれ、朦朧としながら自分の舌を絡ませた。

「んっ……」

ピチャピチャ、と唾液が絡まり合う音が聞こえる度に、なんて卑猥なんだと思う。

だけど、やめられない。

銀糸を引いて唇が離れると、彼はズルンと私から剛直を引き抜いた。

「……薫、後ろを向いて」

彼に言われるまま体勢を変えると、一気に後ろから押し入られる。

「んっ……あっ、あ……！」

奥に届いた彼の屹立に、ぐりぐりとそこを擦られて、勝手に声が漏れてしまう。

今までと当たるところが変わって、ゾクリと体が震える。この体勢で突かれるのは、すごく気持ちいい。ただ、彼の顔が見えないのが、少々残念ではあるけれど。

腰と腰がぶつかり合う音が寝室に響き渡る。その音をどこか遠くで聞きながら、私は快感に身を任せた。

「はあっ、あ、あっ……だめ、このままじゃ、また……」

さっきバスルームで一度イッたのに、どうしようもなく快感が高まってくる。

「イきたい時に、イッていいよ」

まったく呼吸を乱すことなく、真家さんが言ってのける。イけ、と言わんばかりに奥を突き上げながら。

――そんなところばかり攻められたら、またイッちゃうっ……!!

「……んあ、あ……ああっ――」

最奥を突き上げられた瞬間、私の快感がパッと飛散した。絶頂を迎えた余波で、腰がガクガクと震える。足の先をピンと伸ばしたまま、私はベッドにバッタリと崩れ落ちた。

「は……っ……」

「ほんと、薫は感じやすいね」

嬉しそうな真家さんの声に、怠い体を動かして肩越しに彼を見る。

「私だけ先にイッちゃって、ごめんなさい……」

「いいんだ。薫に気持ちよくなってもらいたいから。でも、俺もそろそろ限界かな」

真家さんが後ろから私に覆い被さるように、ピタッと体をくっつけてくる。

「イッたばかりのところ申し訳ないけど、俺もイッていい？」

「ん、きて……」

肩越しにキスをしながら、彼の腰の動きが次第に激しくなっていく。

強く私を突き上げる度に、熱い吐息を口の端から零し、眉間の皺が深くなった。

腰を打ち付ける間隔が徐々に狭まり、真家さんの表情がよりいっそう苦悶に満ちる。

私は彼から与えられる振動に耐え、ついにその時を迎えた。

「う……くっ……出るっ……!!」

苦しげに言葉を吐き出した後、彼はガクガクと体を震わせて、私の中で果てた。

私のすぐ横にバタリと倒れ込み、彼ははあはあと肩で息をしている。そんな彼の頬を両手で挟み、思わずちゅうっとキスをした。

唇を離して至近距離で真家さんと見つめ合う。次の瞬間、彼に強く抱き締められ、口腔に舌を捻じ込まれた。

「んっ……ん！」

しばらく、されるがままになっていた私が解放される頃には、こっちの方が肩で息をするようになっていた。

「薫、可愛かった。なんならずっとこのままでもいい」

いまだ繋がったままで、真家さんがぎゅうっと私を抱き締めてくる。

嬉しいけど、さすがにずっとは無理ですと言ったら、真家さんが名残惜しそうに腕を解く。

「残念。私も、って言ってくれるかと、期待したのに」

私から自身を引き抜き、避妊具の処理を済ませた真家さんは、すぐにベッドに戻って来た。

「ちょっと休憩したら、またしよう」

「え、あ、はい……」

さも当然のように言われて、頷いてしまう。これも真家さんに慣れた故なのだろうか……

彼の胸にぴたっと寄り添い、愛し合った余韻に浸る。そこで彼が、そういえば、と口を開いた。

「両親に薫の話をしたら、一日も早く会いたいと言われたよ。近いうちに、顔合わせの場を設けてもいいかな？」

「それは、はい。もちろんです。けど、真家さんのご両親って、どういう感じの方なんですか？　やっぱり真家さんみたいな感じ……？」

「俺みたいなというと？」

改めて真顔で聞かれると、本人にはなんとなく言いにくい。

「たとえばその……弁護士のような堅いお仕事をされてたりするのかな、と」

「そう言われるとそうかな。父は裁判官で、母は警察官だ」

それを聞いて唖然とする。

「めちゃくちゃお堅い職業じゃないですか……！」

「でも、仕事が堅いだけで人間が堅いわけじゃないよ。俺が結婚するって言ったら、やっと片付くって喜んでたし」

「そ、そうですか……」

ひとまず、結婚を反対されなくてよかった。だけど顔合わせの当日が怖い。

「だ、大丈夫かな、私。ちゃんと真家さんのご家族に、受け入れてもらえるでしょうか……」

そんな私の不安を、真家さんが「はは」っと軽く笑い飛ばす。

「もう受け入れられてるから、心配しなくていい。もし、一杉家のことを心配しているなら、俺が薫の家に入っても構わないよ」

いきなり何を言い出すのかと思った。

「ええっ⁉　そこまではいいです、大丈夫です！」

焦る私に対して、真家さんは涼しい顔だ。

「そう？　遠慮しなくてもいいよ。一杉家の子供は女性だけだし、先のことを考えるなら、そういう手もあるってことだ。うちは、他にもまだ兄弟がいるからね」

「でも真家さん、確か長男でしょう？」

「そうだけど、両親はあまりそういうことにこだわらない人なので」

――なんというか、それを聞いて、はっきりと血の繋がりを感じてしまった。

それからしばらく、黙って抱き合っていた私達だが、再び彼が口を開いた。

「……結婚式を挙げるのによさそうな会場を、いくつかピックアップしたんだ。時間がある時に、見ておいてくれるかな」

「えっ……もう？　早くないですか……」

他人事（ひとごと）のように言うと、真家さんが「全然」と首を横に振った。

「予定まで、もう半年もないんだよ？」

「それは、あなたとうちの母達が、急（せ）かすからでしょうが……」

そう。気がついた時には、母と祖母と、真家さんの間で、結婚式を約半年後に行（おこな）うことがほぼ決まってしまったのだ。

つくづく、真家さんの仕事の速さには頭が下がる。

「チャペルでもいいし、仏教徒なら仏式でもいい。神社もアリだね。薫がしたいところで式を挙げよう。きっと君の花嫁姿は息を呑むほど美しいのだろうな」

そう言って、うっとりしている真家さんがなんだか可笑しくて、ついつい笑いが込み上げてくる。

普段はあんなにキリッとして真面目な弁護士さんなのに、なんで私のことになると、こんな風になってしまうんだろう。

「私だけじゃないですよ。当日は真家さんだって主役です。真家さんの花婿姿も、きっと素敵でしょうね」

クスクス笑っていると、私の頭の下に彼の腕が差し込まれ、そのまま引き寄せられた。

こつん、と互いの額を合わせて見つめ合うと、恋を自覚した日のように胸がきゅんと疼く。

「早く君と結婚したいよ、薫」

「……私も……」

徐々に顔が近づき、ちゅっとキスをする。私を抱き締めながら、真家さんが耳元で囁いた。

「薫……二回目、いい？」

「……もう？」

すっかり元気を取り戻した真家さんに苦笑しながら、私達は二回戦に突入したのだった。

同居しても愛が重すぎる

書き下ろし番外編

　私、一杉薫は真家友恭さんと結婚後、実家の一杉家で新生活を送ることになった。

　どういうことかというと、結婚した私と友恭さんが、一杉家を新居に選んだからである。しかも提案してきたのは友恭さんの方だ。

「薫、新居のことなんだけど」

　結婚式を目前に控えたある日。私が友恭さんの部屋でコーヒーを淹れている最中、彼がタブレットを見つめながら何気なく新居のことを口にした。彼が新居について言及するのは、これが初めてだった。

「うん、なあに？」

　友恭さんが買ってきてくれたケーキをお皿に載せながら返事をする。私が部屋に行くと言ったら、彼は仕事の帰りに事務所の近くにある美味しいパティスリーで、ガトーショコラを買ってきてくれたのである。

　――わーい、ガトーショコラ～!!　この店のガトーショコラ美味しいって聞いて、食べてみたかったんだよね～!!　友恭さんたらほんと、気が利くんだから。

ケーキを友恭さんがいるソファーのところまで運ぶ間も、私の頭の中は食べることでいっぱい。新居のことなどたいして考えていなかった。

というか、私の中ではとりあえず彼のマンションで一緒に暮らし始めて、そのうちいい物件があれば引っ越しをすればいいや、ぐらいに考えていたからだ。

「はい、ケーキとコーヒー」

「ありがとう。でね、薫。新居なんだけど」

「うん」

「薫の実家に住まわせてもらうっていうのは、アリかな？」

「へ？」

言われたことがすぐ理解できなくて、思いっきり聞き返した。そんな私に友恭さんが優しく微笑む。

「だからね、薫の実家で一緒に暮らすのは可能かなと」

「え、えええええ⁉　うち⁉　と……友恭さん本気で言ってるの？」

「すごく本気。だから薫が承諾してくれるなら、俺からお義母さん達にお願いしようと思うんだけど」

コーヒーカップを持つ姿が実に絵になる友恭さんを見つめつつ、私はしばし無言になる。

——う、うちの実家……⁉　いや、まあ……私は実家なんだし別に構わないけど、妻の実家で生活って友恭さんが気を使うんじゃないかな。だったら二人きりの方が気楽でいいと思うんだけど……

無言で考えていたら、コーヒーカップを置いた友恭さんがフフッと笑った。

「薫はきっと俺のことを心配してくれてるんだろうね。嬉しいな。もちろん同居がそんなに甘いもんじゃないってことは俺もわかってるつもりだよ。仕事柄、義実家との同居で揉めた……なんて話はよく聞くしね」

「え、じゃあ……なんで……」

聞き返すと、友恭さんはため息をつきながらソファーに凭れた。

「俺としては薫との新婚生活をじっくり満喫したいところなんだけど、あいにくこの先ちょっと仕事が忙しくなりそうでね。となると必然的に帰りも遅くなって、薫に寂しい思いをさせてしまう可能性が高いんだ」

「あ、そうなんだ……でも、それは仕方ないんじゃない？　私だって、友恭さんの仕事が忙しいことくらいは承知してるよ」

「ありがとう。薫はそう言ってくれるんじゃないかなって、ちょっと思ってた」

嬉しそうに微笑む友恭さんにつられ、私もへへ……と笑ってしまう。

「だけど俺は一杉家の皆さんのことも大事に思ってるんだよ。皆さん優しいし話は面白いし。一緒にいるとすごく楽しい。顔合わせで一杉家にお邪魔した時、すごく居心地がいいと感じたんだ」

「……そ、そうかな……？　女だけでうるさくない……？　それに顔合わせの時は多分、全員猫かぶってたよ……」

全員、は言い過ぎか。少なくともおばあちゃんは素だったような気がする。

「ははっ。まあ、そうかもしれないけど。でも、あの家には女性しかいないし、たまに男手が必要な時だってあるだろう？　防犯上でも男がいた方が多少安心だと思うし……。もちろん、一杉家の皆さんがいいと言ってくれたらだけど、俺は一緒に生活したいと思ったんだ」

――なんと……こんなことを言ってもらえるなんて……

同居は私の一存では決められない。でも、自分の家族を好きと言ってもらえて嫌な人なんていないはず。

つくづく、この人と結婚することになってよかったなあ……

「わかった。じゃあ、私も母に確認してみます」

「うん、お願いします」

そして帰宅後。母と祖母と姉が揃っている時に、私は同居の件を切り出した。

最初この話を聞いた三人は、一様に「えっ‼」と声を上げ、驚いていた。その様子を見て、やっぱりダメかなあ……なんて思っていたのだが、そうではなかった。

まず、反応が早かったのは母だった。

「い……いいの⁉ 真家さんが一緒に住んでくれるなんて、最高じゃない⁉ 目の保養にもな……あ、いや。そうじゃなくて、賑(にぎ)やかになるし、男の人がいると助かることも多いし……」

次に深々と頷いたのは姉だった。

「そうよね、女だけって防犯上ちょっと不安なところもあるし……最近だって、近くで痴漢騒ぎがあったでしょう？ 真家さんがいてくれたら安心だし、それに合コ……じゃなくて、弁護士さんだから何かあった時に相談とか乗ってもらえそうで、私は嬉しいな」

二人とも何かしら思惑がありそうだけど、喜んでくれるのなら問題はない。あとは、家にいる時間が一番長いおばあちゃんの意見だ。

「お……おばあちゃん、どう？ 私と真家さん、ここで一緒に住んでもいいかな……」

恐る恐るお伺いを立ててみる。

お茶を飲んでいた湯呑みを静かに置き、祖母が私と視線を合わせた。

その表情は笑顔に変わった。

「もちろんいいわよ。そんなの、反対する理由がないわ！　あんなちゃんとした人が一緒に住んでくれるなら助かるし、薫とも別れなくていいしね！　だったらおばあちゃん思い切って水回りのリフォームしちゃおうかしら！」

後半は祖母には珍しく、興奮気味だった。それに乗っかった母と姉が、すぐに「いいじゃなーい!!」と賛同した。

私以外の家族が全員同じ意見となると、この後の流れはとても早い。なんせ友恭さんが同居を直接お願いに来た時には、すでにリフォームの図面ができあがっていたのだから。それに関してはさすがの友恭さんも真顔で「えっ、早っ」と驚いていたけれど。

でも、すんなりと同居の承諾が得られたことに、彼も大いに安堵しているようだった。

そして、無事に結婚式を終え入籍した私と友恭さんの新生活は、実家のリフォームが終わるのを待ってからスタートしたのである。

祖母の鶴の一声で決まったリフォーム。そのおかげでキッチン、バスルーム、トイレが新品に生まれ変わった。それを見て、一番喜んでいたのは、やはり祖母だった。

「あらあ……やっぱり新品はいいわねえ。綺麗だし、使い勝手がいいわ」

収納力たっぷりのシステムキッチンにはＩＨクッキングヒーターが備えられ、火を使わないから祖母でも安心。お風呂も、キッチンにリモコンがあるのでワンタッチでお湯張りができる。利便性がぐんと向上して一杉家の女性は皆、万々歳である。

そして私達の引っ越し当日。

家族と検討の末、元々私が使っていた部屋を寝室にし、二階の奥にあった六畳の空き部屋を友恭さんの書斎にすることになった。

「なんだか悪いな、書斎なんか寝室の片隅でよかったのに」

荷物を運びながら、友恭さんが申し訳なさそうな顔をする。

「全然悪くなんかないよ。それに私がぐーぐー寝てる部屋で仕事じゃ集中できないでしょう？　大丈夫、元々余ってた部屋だし、むしろ使ってもらった方がいいって皆喜んでるから」

私も一緒になって友恭さんの荷物を書斎に運ぶ途中、彼の顔を見ずに一杉家の意見を伝えた。でも、彼からの返事が返ってこない。

あれ？　と思いながらすぐ後ろにいる友恭さんを見上げると、なぜかニヤニヤしながら私を見つめていた。

「……な、何？　私、なんかおかしいこと言った？」

「いや。そうじゃなくて、俺が思ったとおり一杉家の皆さんは優しいなって感動してただけだよ。でも、優しすぎるのも心配だな。やっぱり同居することにしてよかったよ」

くすくす笑いながら、友恭さんが書斎のデスクの上に荷物を置いた。

ここは彼が荷物を運んでくる前は納戸として使用していた。というか、私が子供の頃からここは納戸だったので、もはや私の中では納戸としか認識していなかった部屋だ。

しかし中にあった荷物を処分し、デスクといくつもの本棚を置いたら、今ではすっかりきちんとした書斎だ。変われば変わるものである。

「でも、本当にこの部屋を俺が一人で使ってよかったのかな。薫だって自分の部屋があった方がよかったのでは？」

「んー？　いやー、私は他にも居場所があるから大丈夫。一階のキッチンだったり、居間もあるしね」

私にとってここは生まれ育った実家。だから、一人になりたい時はキッチンや居間に行けばなんとかなる。でも、友恭さんは違う。もし一杉家の女があまりにうるさくて一人になりたい時などに、逃げ込める部屋は必要だと思ったのだ。

――実際、女が四人も集まったらうるさい時もあると思うの……

私が考え込んでいると、友恭さんが背後から私を抱き締めてきた。

「いろいろ考えてくれたんでしょう。ありがとう、薫。大好きだよ」

「ちょっ……友恭さん⁉　だ、誰が来るか分かんないんだから……」

お腹にしっかりと巻き付いた腕を解こうと手をかける。でも、びくともしない。

「なんで嫌がるの。もう夫婦なんだから、抱き合っていても問題ないだろう」

「そ……そうかもだけど、そうじゃなくて、ただ恥ずかしいだけ……」

「ははっ。可愛いなあ、薫」

友恭さんがさらに強い力で私を抱き締める。それに困惑していると、書斎の隣にある姉の部屋のドアが開く音が聞こえた。

「片付けどう〜？　って、あら。いちゃいちゃしてんの？」

全く動じることなく、姉が書斎の入口からこっちを見ていた。

「しっ……してないよ⁉　ちゃんと片付けしてます‼」

べりっ、と友恭さんを剥がし、慌ててまだ荷物が入っている段ボール前に跪く。そんな私達を交互に見て、姉がにやりと口角を上げる。

「別に何しててもいいけどね。それより、真家さんの荷物ってこれだけ？」

「いえ。まだ洋服などの私物が残ってます。でも、それは友人に持ってきてもらうよう頼んでありますので、じき到着するかと思います」

友恭さんがポケットに入れていたスマホを取り出し、時刻を確認している。その姿を食い入るように見つめているのは、姉だ。

「……何、お友達がいらっしゃるの？　これから？」

「ええ、学生時代からの友人なんです。私と事務所は違いますが、彼も弁護士で……」

「ちょっ‼　そういうことは早く言ってくれないと‼　こんな、今着ているような思いっきり部屋着じゃ失礼にあたるじゃない‼　着替えなきゃ‼」

部屋の入口にいた姉が、ヒュッ、と風のように姿を消した。さすが姉、こういうことに関しては敏感だ。

「ありゃ、いなくなった……」

呆然と呟くと、友恭さんがふふっ、と笑った。

「そうでした、お姉さんは婚活中でしたね。私の友人と気が合えばいいのだけど」

よくよく話を聞くと、ご友人もなかなかのイケメンで、独身らしい。もしかしたらこれを機に姉からロックオンされたりして。

この後やってきた友恭さんのお友達に、姉がにこやかに対応していた。連絡先をゲットしたかどうかは不明である。

和やかなムードで引っ越し作業は無事に終わり、この日の夜は友恭さんを交え、ささやかながら我が家で同居開始を祝うことになった。

「あら、お寿司⁉　おばあちゃん張り切ったわね」

居間にやってきた姉が、テーブルの上に置かれた寿司桶を見て目をパチパチさせる。

確かに我が家では寿司は贅沢品という扱いなので、そうそう食卓には出ない。ましてや今日の寿司は、近所では美味しいと評判の老舗寿司店のものだ。これには姉だけじゃなく私も驚いた。

「そりゃあお祝いだもの。今日くらいは豪華にしたいじゃない。それに、まだ真家さんがどんなものを好むとかがよく分かんないしねえ」

祖母が鼻息を荒くしながら、お吸い物のお椀をテーブルに並べている。私も祖母を手伝い、テーブルに箸(はし)やらお茶を用意していると、二階の片付けを終えた友恭さんが居間に現れた。

「おや、お寿司ですか。豪華ですね」

テーブルの中央にどん、と寿司桶。他にはサラダや揚げ物などが所狭しと並んでいるこの状況に彼が頬を緩める。この表情を見る限り、嬉しそうだ。

「友恭さんって好き嫌いとかあります?」

何気なく尋ねてみたら即「ないですね」と返事が返ってきた。

「寿司好きなんで嬉しいです。それに、薫の料理の師匠であるお祖母(ばあ)様のお料理も楽しみにしていたので」

友恭さんが祖母に向かって微笑むと、珍しく祖母が照れ笑いをした。

「あらあ……真家さんったらお上手ね!! ささ、そろそろご飯にしましょう」

祖母に急(せ)かされ席に着く。そこへキッチンで揚げ物を担当していた母がやってきて、宴が始まった。しかし同居を祝う宴は、開始から十分で友恭さんを質問攻めにする会へと変化した。

「それで、真家さんは薫のどういうところが好きなの?」

「離婚訴訟でものすごいドロドロのって、どんなのがありました？」

「同僚で私にお勧めするとしたら、どんな感じの方ですか？」

祖母、母、姉、と立て続けに質問を浴びせられながらも、友恭さんは答えられる範囲でしっかり質問に答えていた。ちなみに最初の祖母からの質問の答えは、「全部」だそうだ。

言われた私が照れ、言った方の友恭さんはけろりとしながら家族からの質問に答えている。こんな感じで宴は進み、その合間に友恭さんはしっかりお寿司と祖母の料理を食べ、満足そうだった。

「いやあ……楽しいですね。一杉家の皆さんはほんと話が面白いので、一緒にいて飽きないです」

途中何杯かビールも飲んでいたようだが、友恭さんに酔っている様子はない。それに気付いた姉が、栓の開いた瓶ビールを友恭さんに差し出した。

「真家さん、もうちょっと飲む？」

「あ、いえ。私はもう結構です。もうそろそろ時間なので……」

「時間？」

言われた姉も、私や祖母、母の頭にもおそらくクエスチョンマークが浮かんだと思う。

――この後何かあったっけ？　仕事……は聞いてないけど……

「友恭さん、時間ってなんの……」

尋ねたら、友恭さんが私を見てニコッとする。

「今夜は同居初日。私達にとっては新婚初夜みたいなものですから。この後は薫さんとじっくり濃厚な夜を過ごそうと思います」

友恭さんの濃厚な夜宣言に、ビールを口に含んでいた姉が噴きそうになっていた。

「ちょ、ちょーー!! 濃厚な夜って!!」

でも、年長者二人は割と冷静だった。

「ああ、そうだったわねえ。それは大事だわ。じゃ、薫。片付けはいいから真家さんと二階に行きなさい」

「お、おばあちゃん、なんでそんなに冷静なの……」

「こんな風に言ってくれるなんて、真家さん素敵ね。羨ましいわ……というわけで薫、早く行きなさい。あ、真家さんと一緒にお風呂入れば?」

母までこんなことを言う。なんなのだ、我が家は。

「ちょっと、お母さんまで……そんな、一緒にお風呂なんて……」

「あ、じゃあ是非」

「入るの!?」

友恭さんに秒で突っ込みを入れたけれど、もう母は「はーい」とバスルームに向かってしまった後だった。しかも友恭さんは準備をしに二階へ行ってしまった。二人とも行動が早い。

呆気にとられる私を見て、手酌でビールを飲んでいた姉がけらけら笑っていた。

「ははは。おばあちゃんもお母さんもすっかり真家さんのペースにはまっちゃってるわね！」

「もー、笑い事じゃないよ～」

「ま、いいじゃない。これから一緒に生活するなら仲良く楽しくが一番よ」

「それはそうかもだけど……」

「でも、楽しすぎると再婚が遠のくなあ……私も結婚したらこの家で同居するとか、アリかな」

「……お姉ちゃんも……？」

——てことは、一体何人で住むことになるんだ……？

多分姉も同じことを考えていたのだろう。無言の時間が数秒、私達の間を流れていった。

「……そ、そうなったら今度はリフォームじゃなくて、建て替えかな……」

ははは……と笑う姉に、そうだねと同意しておいた。

——そんなことになったら大家族になってしまうな……

でも、そんな未来も悪くないかも。

「薫——!! タオルどこ?」

「あ、はーい!! 今行く」

友恭さんに呼ばれてバスルームに向かいながら、未来を想像して顔が笑ってしまう私なのだった。

恋愛小説「エタニティブックス」の人気作を漫画化！
EC Eternity COMICS
執着弁護士の愛が重すぎる
Mai Haruno
漫画：春乃まい
Ayame Kaji
原作：加地アヤメ
私の気持ちは変わりません
私があなたに女性としての魅力を感じているからです
わかりやすく言うと
あなたに惚れています
もん…
フェでバリスタとして働く薫は、“男運がない”家系で
ち、自身もヒモ同然の彼氏と別れたばかり。
ばらく恋愛はこりごりと思っていたある日、姉の離婚
題の付き添いで訪れた法律事務所で、イケメン弁護士・
家と出会う。姉の担当弁護士となった真家は、なぜか出
ったばかりの薫に「あなたに惚れています」と愛の告
！ 恋に疲れていた薫は丁重にお断りをした、つもり
ったが——真家は全く諦める様子を見せなくて……!?
ょっと癖あるハイスペック弁護士と男運がない平凡女
の問答無用な運命の恋！
6判 定価:704円(10%税込) ISBN978-4-434-30066-0
EC Eternity COMICS
執着弁護士の愛が重すぎる 1
漫画：春乃まい
原作：加地アヤメ
「貴女の全てを手に入れたいー」
20P

恋愛小説「エタニティブックス」の人気作を漫画化!
EC
Eternity COMICS
原作◆加地アヤメ
漫画◆権田原
僧侶さまの恋わずらい
貴女はこんなにお綺麗なのに
平凡な日常をこよなく愛する二十九歳の花乃は、のんびり独身生活を満喫中。そんなある日、法事に訪れた美貌の僧侶・支倉にいきなり求婚され、日常が一転する。どんなに完璧だろうと、出会ったばかりの人と結婚なんて絶対無理…!!　驚いてプロポーズを断る花乃だったが、麗しい笑みを浮かべた支倉に諦める気配は一切ない。それどころか、甘く強引なアプローチは加速して――!?

本書は、2020年1月当社より単行本として刊行されたものに、書き下ろしを加えて文庫化したものです。


この作品に対する皆様のご意見・ご感想をお待ちしております。

おハガキ・お手紙は以下の宛先にお送りください。

【宛先】

〒150-6008 東京都渋谷区恵比寿4-20-3 恵比寿ｶﾞｰﾃﾞﾝﾌﾟﾚｲｽﾀﾜｰ 8F
(株) アルファポリス　書籍感想係

メールフォームでのご意見・ご感想は右のＱＲコードから、
あるいは以下のワードで検索をかけてください。

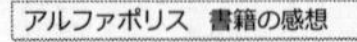

ご感想はこちらから

エタニティ文庫

執着弁護士の愛が重すぎる

加地アヤメ

2022年4月15日初版発行

文庫編集－熊澤菜々子
編集長 －倉持真理
発行者 －梶本雄介
発行所 －株式会社アルファポリス
〒150-6008 東京都渋谷区恵比寿4-20-3 恵比寿ｶﾞｰﾃﾞﾝﾌﾟﾚｲｽﾀﾜｰ8F
TEL 03-6277-1601（営業） 03-6277-1602（編集）
URL https://www.alphapolis.co.jp/
発売元－株式会社星雲社（共同出版社・流通責任出版社）
〒112-0005 東京都文京区水道1-3-30
TEL 03-3868-3275
装丁イラスト－藤浪まり
装丁デザイン－ansyyqdesign
印刷－中央精版印刷株式会社

価格はカバーに表示されてあります。

落丁乱丁の場合はアルファポリスまでご連絡ください。

送料は小社負担でお取り替えします。


ISBN978-4-434-30204-6 C0193